Le Joueur de flûte pérégrin

Patrice Martinez

Le Joueur de flûte pérégrin

Éditeur : Phanès-éditions

Illustration : Microsoft Designer – joueur de flûte par IA.

ISBN : 979-10-91877-82-4

Dépôt légal : 22 juillet 2024

1

Son corps était étendu sur le bas-côté du layon, secoué de spasmes par intermittence, et resta ainsi prostré durant quelques heures jusqu'à ce que le pauvre damné parvienne à émerger son esprit des vagues sournoises de la torpeur. Un mal de crâne martela ses tympans, mettant un terme à son errance onirique. Solomon redressa lentement son échine, courbaturée par une bastonnade mémorable. Il déroula prudemment son dos sous l'effroi d'une sourde douleur, comparable à des pointes de poignard éperonnant en maints flancs son torse et ses gambilles de joueur de flûte ambulant. Après avoir subi une abjecte agression, les malandrins l'avaient dépouillé de ses chausses et de ses bottines, le laissant pour mort au bord du chemin sur une terre devenue fangeuse par l'averse récente, puis ils se carapatèrent aussi vite qu'ils ont débarqué sur le théâtre de leurs opérations délictueuses…

Le dernier festoiement du disque solaire apparut sur le fil de l'horizon, après qu'un ciel orageux eût daigné s'apitoyer sur le sort du ménétrier-ambulant, en le baignant de ses ondées revivifiantes, les guenilles s'égouttant à la faveur d'un temps redevenu soudainement clément. La mine flétrie et la lippe contusionnée laissaient poindre un filet de cruor glisser jusqu'au menton, la peau s'encroûtant d'un rouge cramoisi depuis que ce vil méfait l'avait laissé sur le carreau… Son regard d'un bleu d'azur se portait sur le ruban du layon forestier, dont guère de voyageurs n'osaient s'y aventurer tant il était connu pour de coutumiers traquenards que des malandrins pratiquaient en toutes impunités. Son attention se dirigea ensuite vers le liseré du hameau, dont il apercevait les fumerolles des premières chaumières onduler sous le souffle léger du vent, leur faîtage irradiant sous le rougeoiement d'un ciel crépusculaire. Le ménestrel remit de l'ordre dans ses fripes et s'aperçut que les brigands lui avaient volé sa gibecière, pourtant adroitement dissimulée sous des braies flottantes, bien à l'abri du regard intéressé du vide-gousset.

Il s'essuya la bouche d'un mouvement leste, chassant le filet de cruor de la lèvre boursouflée, occasionnée par une agression sourdant de manière imprévisible, alors qu'il cheminait l'esprit tranquille. Les brigandeaux avaient surgi sournoisement à la faveur d'un lacet particulièrement encaissé – ils étaient coutumiers de ce genre de méfaits, camouflés dans les boqueteaux, bien à couvert des regards du passant. Entaillée sur un bon centimètre, la babine se cicatrisa aussitôt, assujettie à la vélocité *singulière* du temps. Il reprit son étique balluchon (que les brigands n'avaient point dérobé), et y jeta un œil précautionneux, s'apercevant que la flûte n'avait pas été subtilisée à son insu puis se remit en route sur cette piste maudite, la *lippe* contusionnée s'étirant d'un air chafouin… Apparemment, ce fait divers n'avait pas trop atteint l'esprit folâtre du ménétrier.

La masure faisait pâle figure, devant le panorama enchanteur de la tombée de la nuit dont les lueurs chaudes de l'astre détonnaient à l'opposé de la façade austère de la bâtisse, le clayonnage révélant son ossature par endroits, tant la chaumine avait du vécu ; vraisemblablement, en ce lieu demeuraient quelques vilains[1] — indubitablement des pauvres damnés œuvrant sur un maigre lopin de terre, à labourer du lever jusqu'au coucher du soleil tant la caillasse prenait des airs de panais et de rutabaga… Avant de toquer, il remit de l'ordre dans ses fripes, afin de ne pas passer pour un *grippe-billet*[2] preste à détrousser l'aumônière de la noble dame comme la bourse de la paysanne, le col fourbu après avoir besogné sur les parcelles de fenaison.

Tout en toquant sur le vantail, vermoulu sous le poids du temps, il entendit le bêlement d'une chèvre émerger de l'huisserie partiellement dégondée. Le pas traînaillant de l'habitant s'approcha lentement, tout en frottant sur le pavé… Puis l'huis grinça sur le gond esseulé, laissant paraître la face chiffonnée d'une *vieillete*, se révéler à l'ajour de la porte. Enfouies sous des paupières tombantes, deux petites billes de surmulot l'observaient d'un regard inquisiteur, sa pogne tremblotant sur le rebord du panneau.

« Que veux-tu par une heure pareille ? » s'enquit-elle d'un ton glacial.

— *Deus vos croisse bonté*, *notre Dame*, tout en pliant l'échine devant la face austère de la vieille. N'ayez

---

[1] Pauvres.

[2] Un escroc.

point peur que je dérobe votre bourse ou votre vie durant les *vêpres, Dame grant.* Si j'ose toquer ainsi à votre huis, ce n'est que pour solliciter l'hospitalité pour une nuitée, ou deux... alors que la *vieillete* détaillait ce curieux chemineau, vêtu de loques et de bracelets tintinnabulants, lorsqu'il fit ses présentations sur le modeste perron de la chaumine.

Il avait pâle figure, le maraud : la crigne ébouriffée, le cuir crasseux et fatigué, et le teint flétri portant les stigmates d'une empoignade qu'elle avait coutume de voir, dans cette bourgade d'où l'on pouvait croiser des camelots, des pèlerins et le pérégrin à l'appel de l'aventure, espérant faire fortune à l'autre bout du monde...

Habituée à voir passer mendiants et filous de grands chemins, elle avait l'*oil*[3] aux aguets et l'esprit effilé comme une lame de coupe-jarret ; et malgré son grand âge, d'un seul regard sur la démarche de l'étranger elle pouvait affirmer à coup sûr s'il fut un fripon ou un honnête homme, et comment parer à l'estocade en cas que le malandrin dresse sa férule sur son chef, dont il n'en restait que quelques mèches filasseuses blanchâtres clairsemées, embroussaillées autour de ses traits fripés. Car un poignard était sournoisement abrité entre ses deux seins tombants, et même si elle n'avait plus la vigueur d'antan, la vieillotte disposait assez de bravoure pour enchâsser la lame de sa dague jusqu'au cœur du brigand. Elle ouvrit la porte précautionneusement, laissant paraître une silhouette chétive enveloppée dans une cotte noire bien trop large pour une taille aussi menue, si maigrelette qu'on pouvait se

---

[3]L'œil.

figurer qu'elle incarnait un fétu de paille tourmenté par le seigneur du vent, lors de ses accès de colère. De sa morphologie, il n'en demeurait qu'un cuir fatigué s'épandant sur une frêle carcasse prête à se rompre sous un coup de rafale imprévu, dont le vécu des jours, parfois austères, parfois guillerets, avait usé une si longue destinée qu'il faille faire appel à la grâce d'un rebouteux afin de soulever le moindre ustensile de sa pauvre chaumine.

Son regard balaya le visage rondelet du chemineau, puis glissa sur son corps replet, les petons dépouillés de ses galoches. Le joyeux histrion plia le col, jetant un œil désappointé vers ses pieds.

« *Oi*, on m'a *aussi* dépouillé de mes galoches », fit-il en redressant un chef défait vers le visage fripé de la vieille.

— Comment t'appelles-tu ? Et d'où viens-tu, étranger ? Je n'ai jamais aperçu ta mine dans la contrée…

— Je m'appelle Solomon, histrion, poète, joueur de flûte et bateleur, menant une vie de bohème et défilant de bourg en bourg afin d'apporter un peu de réconfort à la *menuaille*, pour leur faire oublier — durant quelques heures —, la dureté de leur existence en leur chantant quelques ritournelles et aubades, jouer de la guimbarde, du tambourin ou du chalumeau, ou leur conter d'étranges histoires, tant j'ai usé mes chaussures sur les pavés des nombreuses cités peuplant notre vaste monde… Hélas, de vils gredins m'ont dérobé mes biens les plus précieux à quelques lieues de là, ne vous offrant à votre prude regard que la vision de mes braies et de ma cotte, détrempées par une averse sournoise ; de piteuses guenilles qu'ils ne désirèrent point me dérober, mon âme plongée dans un *fatum* qu'un grand malheur n'advienne à ma vie sur Terre. Ils me battirent à coups de bâton comme l'on dresse un âne et me laissèrent pour mort, le corps étalé sur le bord du talus, à la merci des intempéries ou qu'un autre malandrin mette un terme à ma vie. Mais, par la grâce de Dieu, j'ai recouvré la raison, et non sans mal j'ai pu marcher en titubant jusqu'à votre humble demeure… tout en dodelinant sur ses gambilles, soumises à rudes épreuves.

La vieille branla du chef.

— Arrête de me vouvoyer et de *gambiller* comme un marmouset ayant une envie subite d'uriner ! elle tendit son menton poilu et pointu vers le battant de l'huis. Suite à un fort coup de vent, le châssis de la porte a sauté… dit-elle, en lui faisant comprendre qu'il devrait fournir un peu d'effort, s'il voulait pénétrer ses pénates dans l'humble demeure et recevoir dans sa margoulette un peu de bouillon agrémenté d'une tranche de lard.

Il posa son bagage à même le sol, dont le contenant n'avait point intéressé les fripons — juste quelques notes de chants, qu'il déposait sur un carnet jauni par le temps lorsque l'inspiration lui venait, et divers goupillons pour le chalumeau. Armé d'un intérêt non moins manifeste pour aider son prochain, mais tout aussi par l'odeur alléchante du brouet qui excitait ses babines, il souleva le vantail piqué par le charançon et reposa le châssis dans le chambranle, d'où des moellons s'y détachaient et menaçaient de s'effondrer à tout instant.

« Entre ! Et ne fais cas du désordre, mon âge a usé toutes mes résolutions relatives aux ménages et autres lessivages de l'*hostel*[4], tant les rhumatismes assaillent cette vieille enveloppe charnelle… »

La chaumine était toute menue, aussi fluette que la défroque de l'aïeule. Le sol argileux était tassé par des décennies de résidence – dès l'entrée, on accédait à l'unique pièce de la masure ; sur sa senestre, Solomon remarqua un petit chaudron, suspendu à sa crémaillère ; les volutes de fumerolles s'élevaient vers une simple trouée aménagée au plafond, pendant que le brouet bouillonnait à petit feu, les flammes léchant la fonte du récipient en des frôlements lascifs, alors que sur sa destre, il vit une chèvre malingre, les pattes posées sur un tas de fourrage faisant office d'aliment et de paillasse, ainsi que de *châlit*[5] pour la vieille. Le caprin le fixa intensément, puis bêla sa désapprobation devant l'étranger, suspectant que cet humain lui prenne l'envie de le soutirer de cette singulière chèvrerie. L'odeur du bouillon pénétrait dans ses narines, débridant dans ses entrailles une insatiable fringale se coulant jusqu'à son palais. Les murs en torchis portaient les marques d'usure du temps, s'effritant sous l'empire d'une moiteur résiduelle, et à coup sûr il en était de même lors des beaux jours d'été, tant la brillance du soleil ne pénétrait sûrement jamais dans la sombre maison. D'ailleurs il remarqua des suintements d'humidité aux abords de l'angle rentrant des murs et du plafond, ainsi que du boisseau dépouillé de sa structure maçonnée. Rien de bien engageant pour l'avenir de la pauvre masure, juste un ajour dans le chaume permettant l'évacuation des fumées.

---

[4]Petite maison.
[5]Literie.

La doyenne pénétra en sa demeure, observant l'errant de ses petits yeux de surmulot tout en redressant sa petite tête au cuir chevelu clairsemé par le grand âge. La mine fripée de sa trombine aux pommettes aiguës ne cessait de le détailler d'un regard insistant ; il se sentit nu comme un ver, à la voir retirer les couches de sa personnalité comme les pelures d'un oignon… afin de révéler à son âme vieillotte, les multiples particularités divergentes de son ego.

— Mon Dieu, ils t'ont mis dans un sale pétrin, ces bougres ! tout en le déshabillant du regard. Retire tes braies, afin que je les décrotte et les recouse, et va t'*eslaver* dans la bassine : tu pues le bouc à cent pas d'ici… en pinçant son nez crochu de sa pogne tremblante.

— Bah. Ne t'inquiète pas pour mes affublements, *grand'mère* ; le seul effet qui importe, c'est celui de notre corps.

Elle le regarda d'un air hébété, mais ne s'empêcha de réitérer ses directives : « Par le sang du Christ, va donc *eslaver* tes pendeloches au bassinet, avant que je les décrotte moi-même », d'un ton sévère. « Ensuite je dresserai la table, tu dois avoir fort appétit, après toutes ces péripéties… ».

Pendant qu'elle recousait ses guenilles et s'être lavé à l'aide d'un broc, il se rhabilla de quelques oripeaux qu'il avait sortis du balluchon, caché par la silhouette souffreteuse de la chèvre qui ne cessait de tirer sur ses haillons, à l'aide de ses puissantes incisives. « Lâche mon *chainse*, sale bête ! » Mais, celle-ci avait la mâchoire robuste, et tiraillait dessus avec insistance, alors que l'aède faisait de même de son côté, la chemise étant mise à rude épreuve et commença à s'effilocher... Aussitôt, *Dame grant* se retira du pot (maintenu par une crémaillère suspendue au toit par un long câble), et vint secouer la biquette afin qu'elle daigne lâcher le morceau de tissu. L'animal détala quelques pas plus loin, bêlant fortement son mécontentement. La vieille jeta un œil vers la chemise, déchirée sur une bonne partie du pan.

« Il me faudra quelques jours pour rattraper le morceau... » dit-elle, fort mécontente à devoir fournir un travail supplémentaire.

— Ne t'inquiète pas pour ce bout de guenille, *Dame grant*, il a fait son temps...

— Que nenni ! Je tiens à retoucher ce que cette maudite biquette a défaufilé... Elle s'en alla vers un vieux coffre et en retira une vieillerie qu'elle tendit au baladin. Enfile ça, c'est un *chainse* de mon défunt mari. Il devrait t'aller comme un gant ; tu peux le garder, dit-elle d'une voix au timbre pincé, tout en le détaillant du regard et se remémorant le physique de son défunt mari dans l'antre embroussaillé de son mental, puis elle s'en retourna vers le foyer, dont le pot-au-feu bouillonnait à gros bouillon dans son brouet de lard, de pois, de fèves, le tout agrémenté d'une chopine[6] de lait de chèvre.

Ils s'accroupirent, les petons posés sur un lit de paillasse qu'elle confectionna aussitôt en l'empruntant à la litière de la biquette, puis elle lui tendit une chaude écuelle, dont les fumerolles s'estompaient dans un clair-obscur envoûtant. L'éclat d'un bougeoir diffusait son halo jaunâtre

---

[6]Environ un demi-litre.

de lumière glauque, illuminant partiellement la demeure de l'ancêtre ; les frémissements de la flamme formaient des reliefs disparates, sur les parois de la masure livrant à son regard leurs saillies et leurs renfoncements, les pans défraîchis par le temps et une carence avérée de rénovation ; les lattis étaient de la même trempe, rongés par l'humidité et la moisissure. Ils avalèrent la cretonnée[7] de fèves dans un silence monacal, à part quelques chevrotements épars de la maigrichonne biquette.

Il balaya la pauvre chaumine d'un regard compatissant.

— *Dame grant*, par quel artifice peux-tu continuer à vivre dans cette masure, prête à s'écrouler à la défaveur d'un vent sournois ? Et par quelle bénédiction parviens-tu à subvenir à tes besoins ? À moins qu'une âme généreuse accoure à ton secours...

— Mon fils, cette pauvre chaumine a été construite par les pognes de mon défunt mari, et même si elle part en ruine, rien ni personne au monde ne me fera expulser de mes pénates... Quant à mes subsistances, biquette me fournit largement quelques pichets d'un bon lait, de plus je dispose d'un fermage concernant une parcelle de terrain investie par la broussaille, destiné à un jeune éleveur du coin, afin que je puisse m'approvisionner aux ingrédients essentiels pour mes menues emplettes. Le pastoureau possède un petit cheptel de moutons, bien heureux de les parquer sur ce lopin de terre inculte, fit-elle, la mine rayonnante à l'idée de pouvoir jaboter à un individu, qu'importe si celui-ci est un chemineau. J'ai un petit-fils,

---

[7]Brouet.

mais ce rejeton est un grand fainéant et un roublard ; à maintes reprises il a essayé de me chasser de mon foyer. Malgré mon âge, je lui ai dressé mon bâton afin qu'il me laisse en paix, fit-elle d'une mine sévère.

Puis ils reprirent leur repas, l'esprit de Solomon empli d'une mine penaude tant la *vieillete* lui remémorait sa défunte aïeule.

Le repas se poursuivit dans l'allégresse de la chevrette, le bêlement du caprin sourdant à ses esgourdes comme la voix criarde de la vieille, redressant son échine afin de rabrouer la bête, quand elle se permettait de plonger sa truffe spongieuse dans la bolée de brouet de Solomon. Soudain, *dame grant* commença à s'agiter, fiévreuse, se relevant brusquement de son séant alors qu'elle commençait à suffoquer ; un morceau de couenne était resté bloqué dans sa gorge, sa face livide se figeant sous le tiraillement démesuré de sa mâchoire, en quête d'un air salvateur. Son visage passa du cramoisi à l'exsangue, alors qu'elle se penchait au-dessus de la paillasse, s'époumonant à toussoter afin d'expectorer la bouchée de lard encombrant les voies respiratoires, un filet d'écume s'écoulant de sa lippe parcheminée par l'âge. Solomon se redressa *derechef* de son séant, et bondit à la face de son hôtesse… afin d'ôter l'importune bouchée de cochonnaille obstruant son *gorgoton*. Il se plaça à son échine, plaqua son torse bedonnant contre le flanc de la vieillotte, puis bloqua le corps fragile de la grand-mère tout en psalmodiant des litanies en latin et en plaquant ses doigts de fin rhapsode sur ses *entraignes*[8], afin de lui faire dégurgiter l'aliment

---

[8]Entrailles.

entravant les voies respiratoires... Hélas, le malheur émergea dans la sombre maisonnée comme l'avatar de la Mort sur les tréteaux d'un théâtre ambulant, lorsque la tirade amère de la jouvencelle laissait entendre au public qu'elle fût la marotte d'un séduisant aigrefin, attendant l'instant propice pour lui subtiliser sa généreuse escarcelle comblée de lourds deniers. La *vieillete* ne parvint pas à temps à rejeter ce que le destin avait déjà tramé bien avant sa naissance, dans l'inconfort de ses ascendants ; tant il est dit que l'on paie le prix qui nous est dévolu, parce que nos aïeuls ont fauté en brigandant l'aumônière de leurs contemporains afin de satisfaire leur panse – l'impitoyable loi de l'adversité.

Son corps maigrelet glissa du poitrail de Solomon pour aller s'affaler sur le parterre de la fragile chaumine, comme une feuille morte à l'hiver de sa destinée, son âme s'arrachant de son enveloppe corporelle, durant tant de lustres à railler la mort et Dieu, puis fuir en subtile fumerolle à travers l'ajour effilé du toit faisant office de cheminée... la dépouille rabougrie, repliée comme un embryon dans la bedaine de sa mère.

Le jouvenceau remercia le baladin de sa bienveillance et de son assistance, alors que sa défunte *dame grant* s'en est allée vers les portes du Paradis, laissant un héritage sommaire à l'arrière-petit-fils, même si ce dernier avait peu connu la vieille mégère de son vivant. Le descendant voulait lui offrir le gîte et le couvert, mais Solomon lui fit comprendre qu'il devait cheminer vers le couchant, car il semblait que l'on attendait avec ferveur sa venue sur un autre bourg afin de satisfaire la populace de ses fins couplets, de ses rimes et autres facéties de troubadours – les affaires ne peuvent attendre les fantaisies de cuistance du maître de maison.

L'enterrement fut rapide, sommaire et simple, à l'image de la doyenne de ce bourg.

Le jeune couple regardait d'un œil méfiant cette masure, qu'il aurait fallu raser afin de rebâtir un nouveau foyer sur le terrain accidenté, que le jouvenceau détenait actuellement à la faveur de l'héritage. L'épouse, enceinte de cinq ou six mois, jetait un regard froid et avec mépris les murs défraîchis de l'*hostel*, le faîtage dont il fallait rabâcher le chaume, la couche de paillasse faisant office de literie et l'étique chevrette bêlante, à faire prendre la poudre d'escampette à la pompeuse citadine qu'elle porte jusque dans ses *entraignes*.

« C'est un vulgaire *espace frost*[9], que vous nous présentez là, sieur Johan… » s'indigna la future daronne.

Le notaire Johan-de-Vil-Misère manifesta une mine amère aux dires des potentiels acquéreurs, ses longues paluches tenaillant le cadastre et les registres du domaine foncier de *feu* la *vieillete*, à présent reposant dans la fosse communale du bourg, alors que son petit-fils voyait déjà l'argent de la rente immobilière gonfler son patrimoine financier.

— Je souscris à votre inquiétude, *Damelete* Aldegonde, mais je vous l'avais déjà signalé qu'au vu de votre portefeuille, ce bien foncier est à même de prendre

---

[9]Une bâtisse en ruine.

une valeur exponentielle au fil des années, même si à votre regard, j'avoue fort perspicace, le lieu ne semble point enchanteur… tout en pliant l'échine devant la stature rondelette de la dame enceinte.

— Et… la chevrette ? jetant un air de suffisance au caprin efflanqué, pendant que le mari semblait ravi de poser ses pénates à une vingtaine de lieues de la cité florissante la plus proche.

— Elle sera livrée au *viandier*[10] du village, expliqua le *jouvencelin* d'un air enthousiaste, à récolter un peu de *clicaille* à la faveur d'un destin florissant.

Le notaire flaira que le marché allait lui échapper :

— De plus, comme je vous l'avais auparavant annoncé, le domaine possède une friche de deux hectares à l'orée du village ; ce capital – bien qu'incultivable tant le secteur est escarpé –, fait en cet instant le bonheur d'un pastoureau, bienheureux de laisser ses chèvres brouter les vertes pâtures… C'est bien cela, cher ami ?

— Assurément, Maître. Les biquettes raffolent des broussailles, des mûriers et autres parterres fleuris, rendant le lieu aussi sarclé que les bras vigoureux d'une dizaine de forçats, déclara le grand dadais, et pour quelques deniers.

La jeune femme se retourna vers le visage benêt de son mari.

— Ben, qu'en pense mon mari ? fit-elle d'une humeur maussade.

Il fit quelques pas dans la maisonnée, défraîchie par l'âge et l'insipidité du lieu.

— Avec un peu de rafraîchissements, ce placement

---

[10]   Le boucher.

sera une affaire en or dans quelques années : depuis quelques mois, le prix du locatif s'envole dans la cité, fit-il en fixant d'un regard intense sa femme. Le bourgeois moyen voit l'accessit au bail s'envoler dans notre pays, alors je flaire un plan juteux en ravalant ce bien foncier afin de le remettre au plus vite sur le marché du locatif ; dans deux ou trois ans l'affaire sera peut-être hors de notre bourse, affirma-t-il en habile homme d'affaires boursier, tout en tirant une lippe biaisée à sa douce compagne. Je soutiens que c'est une affaire juteuse, en ces temps difficiles.

D'un air déconfit, elle s'approcha de son conjoint, à savoir qu'il aurait de toute façon le dernier mot sur l'affaire :

— J'ai bien conscience que je n'ai aucune emprise sur l'héritage de ton père, mais je te le dis comme je le pense : tu dilapides ton argent pour des futilités ! s'exclama-t-elle. Elle fit une volte vers la chaumine, dont ils s'en étaient retirés à pas de velours… Regarde cette… masure… Elle est prête à s'effondrer, à la rudesse d'un vent sournois !

Le notaire fila vers le couple comme un démon aux trousses des vivants, de peur qu'une nigaude parvienne à troubler l'entendement méritant d'un futur baron de la finance…

— J'entends votre raison de mère de famille crisser sur les pavés de la discorde, Dame Aldegonde, et je comprends votre désarroi rien qu'en observant d'un œil averti la façade austère de cette antique chaumine… le notaire plia humblement l'échine devant les futurs acquéreurs, mettant à jour de fastueuses rhétoriques afin d'inverser les convictions de la matrone. Madame, voyez comme votre époux – en fin annaliste de la finance –, aspire à éclairer votre conscience du prochain marasme économique que lui seul semble avoir l'opportunité de voir germer dans le gîte de son esprit subtil ; et, en tant que notaire, je ne peux que vous inviter à étudier consciencieusement les dires de votre conjoint sous toutes les coutures, tant les prospectives économiques me semblent de bon augure pour votre bourse – il versa un sourire surfait au mari, de quoi faire grimper les échelons de l'estime auprès de l'époux afin de conclure ce juteux contrat pour un notable de la campagne, si ce n'est gonfler son patrimoine financier pour racheter quelques lustres plus tard les mêmes avoirs qu'il avait auparavant faussement estimés au-delà de la conjoncture du marché de biens. Car il va sans dire que les nouveaux propriétaires (souvent de jeunes rentiers en futiles besoins d'exotisme) ne savoureraient qu'un temps les joies simples de la vie bucolique, pour s'apercevoir quelques années plus tard que le défi auquel ils s'étaient attelés augurait de trop grosses contraintes financières, patrimoniales et bucoliques, pour des citadins en soif de ruralité sourdant de la tanière de leur présomptueux ego.

L'empressé mari (empli d'une feinte consternation pour faire céder sa seconde moitié) lui jeta un regard défait, devant la mine un brin émoustillé de l'acteur notarial.

« Qu'il en soit ainsi », céda la *damelete*, tout en soufflant sous la charge de la culpabilité. Le couple et le *jovencelin* signèrent l'acte authentique, puis le margoulin ratifia la concorde d'un majestueux seing, en bas de parchemin.

Quelques jours plus tard :

La couverture nuageuse recouvrait la contrée, oblitérant l'orbe scintillant de la Lune. Le jouvenceau détenait encore des clés de la masure, afin de vider et nettoyer les lieux avant que les nouveaux propriétaires posent leurs pénates en ce lieu austère, mais dont les murs conservaient l'âme débonnaire de la *vieillete*. Il avait déposé la bougie à même le sol, puis s'était affalé sur la litière de paille après avoir ripaillé à la gloire de *dame grant*[11], alors que la vieille biquette regardait le petit-fils malotru d'un œil sournois. Il ronflait déjà comme un fourneau alimenté de grosses branchettes, l'esprit plongé dans les mondes oniriques de Morphée, dont les images de douce insouciance peuplaient ce monde factice où tout pouvait s'accomplir par l'alchimie du rêve. La chevrette possédait une humeur chagrine depuis la mort de sa maîtresse, mais l'animal abritait une forte contrariété, à savoir qu'elle ressentait son destin chavirer de vie à trépas dans peu de jours, observant d'un œil effarouché la silhouette repue du margoulin étendu de tout son long, plongé entre les draps du lit de paille souillé des immondices de la bête et de la dernière cuistance du trublion, une vie qui avait été si paisible avant l'agonie de la doyenne.

Un battement d'ailes feutré pénétra par l'embrasure de la fenêtre – un oiseau de la nuit venait de violer

---

[11]Grand-mère.

l'intérieur de la maison. La chouette hulotte agriffa ses serres sur le rebord de la minuscule ouverture, puis émit son hululement glaçant dans l'antre de la bâtisse. Le cri ne perturba point le jouvenceau, son esprit immergé dans un monde chimérique où il voyait fleurir une destinée riante, à l'abri des dures réalités de la vie. Par contre, l'étique chevrette s'effaroucha en entendant les criaillements lugubres du sombre rapace ouïr en ses esgourdes, qu'elle bêla à se rompre le gosier, tout en s'acharnant à tirailler sur la ligote attachée à son cou famélique, la silhouette de l'imposante chouette émettant une nouvelle fois son cri sinistre, alors qu'une *sourisete* se faufilait dans le tas de paillasse, sous le regard hypnotisant de l'oiseau de nuit. Elle déploya ses rémiges, et dans un froissement sépulcral s'élança en quête de maigre pitance, à coups d'ailes dans la chaumine tout en criaillant des notes caverneuses au-dessus du corps léthargique du jeune pochetron, assommé par des libations en l'honneur de Bacchus… À la vue de la hulotte poursuivant son inoffensive venaison, la chèvre s'acharna sur la ligote au risque qu'elle se blesse ou se rompe l'encolure ; et après tant de charges sur le cordage, elle finit par l'arracher et se mit à sautiller dans l'étroite chaumine, sans que cela émoustille le corps engourdi du jovencelin, ronronnant comme un gros chat de gouttière. C'était un ballet agreste en l'honneur des faunes et des égipans, à la gloire de l'animalité et du paganisme, que la futile souris voyait défiler sous ses deux petites billes sournoises, entre le frottement des rémiges sur le plafond et les murs décrépis de la chaumière (vouée à être bradée pour quelques sols, à un jeune couple de citadins), et les plurielles caquetons, louches, écuelles et tranchoirs voltigeants sous les battements d'ailes du sombre prédateur sinuant dans l'étroite maisonnée… À moult occasions l'oiseau se précipitait sur son prochain butin, exhibant ses serres acérées dès que la silhouette du petit rongeur fusait dans son champ de vision ; et, combien d'ustensiles de cuisine, de batterie de casseroles et de cruches ébréchées choyèrent sur le pavé, sans que cela n'entame l'heureuse virée onirique du benêt paysan du coin… Jusqu'en cet instant, où le destin du rongeur prit une tournure rédemptrice, lorsque l'oiseau de la nuit fit chavirer le malingre bougeoir, allant au déclin de son aura. Suite à une malheureuse circonstance de parcours, la chandelle culbuta de son support, emportant la flammerole sur le lit de chaume (et, l'on sait que la voracité du brandon est analogue à la panse d'un goindre, lorsqu'il enfonçait la pointe de son couteau dans le gras d'un bon marcassin, afin de faire bonne cuistance), puis embraser la paillasse à vitesse exponentielle… Comblé de grande pitance, le feu grossit comme un homme ayant fait bonne chère, les entrailles bondées du cuir tendre d'un savoureux pourceau, les flammèches prenant dès à présent une dimension imposante des feux de la Saint-Jean, léchant les solives de la toiture de leurs flammes grondantes, sifflantes et crépitantes.

Le jouvenceau se réveilla en sursaut, se redressa de son séant et prit la poudre d'escampette, et il faut l'admettre le feu aux trousses… Il regarda, accompagné d'une humeur chagrine, la bâtisse s'embraser, les flammes léchant les huisseries de la demeure de la défunte *dame grant*, alors qu'il n'avait même pas encore remis les clés du logis aux nouveaux propriétaires. Hélas, le contrat fut déjà émargé par les deux parties sur tous les feuillets.

2

Sans commune mesure, le foirail de La Boisserie possédait une étendue hors norme, à l'échelle de ses semblables éloignés d'une dizaine de lieues de son cœur administratif, mercantile et spirituel ; ce gros bourg détenait une nonchalance, que bien d'autres cités situées aux alentours jalousaient, tant la prodigalité agraire et l'érudition des gens du coin foisonnaient dans ses entrailles de pierres et de bois, ouvragées par les pognes de fastes maîtres d'œuvre et similaires Compagnons du devoir que les bourgades les plus proches s'arrachaient à prix d'or, afin de parfaire leur cité miséreuse des atours architecturaux qu'elles ne pourront jamais égaler à leur consœur, positionnée sur un barème de négoces bien trop faste à leurs propres échelons. En ce jour le ciel était clair, limpide comme un cours d'eau – d'un bleu azuré aveuglant –, déroulant quelques nuées crémeuses à l'allure nonchalante. Au nadir de cette toile céruléenne, le marché de plein vent étalait avec ostentation de nombreuses tentures aux couleurs clinquantes, chamarrées de jaune, de bleu et de rouge cramoisi, sous leur ombrage où foisonnaient fruits et légumes, vannerie, bijouterie pour le *nobilis* et *clicaille* pour le vilain, pêche du jour et riches venaisons sur les étals des argentés et autres maquignons proposant brebis et moutons, leur *gole* criaillant que leur bétail possédait une chair de qualité incomparable à celui du voisin, à la mine embarrassée du petit-bourgeois et des gens de maison des luxueuses maisons aristocrates, déambulant entre les exubérants étalages du foirail... La foule arpentait les étals, s'amassant sur l'esplanade de l'église sans qu'aucun citoyen ne se heurte l'*espaule* par imprudence, et, s'il y avait eu anicroche par inadvertance, aucune escarmouche ou échauffourée ne venait perturber la placidité des deux belligérants, relevant simplement leur couvre-chef afin de présenter ses excuses au deuxième protagoniste de cette consternante maladresse, que cette anecdote prenait fin sous d'heureux auspices.

Une *sourisete* se glissait sous les pas nonchalants des *nobilia*[12] et de quelques *vilains*[13] de cette riche bourgade ; le rongeur savait mener sa route sans qu'aucun peton du chaland n'en vienne à le terrasser par mégarde, sinuant sous leurs gambilles fastueusement pourvues de poulaines, de fins brodequins et de guêtres en cuir et chaud lainage, car la fraîcheur de potron-minet s'invitait sur la cité millénaire. À la vue de quelques victuailles étalées sur un lit de paille – le rongeur trottinait en toute sérénité sur le pavé de ladite place communale, juste à côté du flamboyant commerçant adossé au rempart de la commune –, la souris fila *derechef* vers ce nouveau garde-manger, bien heureuse de trouver becquetance dans cette agora richement pourvue de denrées, alors que le marchand

---

[12]Les nobles.
[13]Les pauvres.

profitait d'une aubaine mercantile, en vendant un vin frelaté à un client bien trop incompétent en la matière pour faire la différence entre un picrate et un vin de caractère, tant son *gargueton*[14] s'avinait de vin aigrelet ; car le margoulin connaissait les accoutumances de l'ivrogne. Arrivé à bon port, l'animal plongea dans la paillasse d'où s'emmagasinaient des fruits juteux à souhait, sous la chaude lueur des *matines*. Et après avoir consommé quelques grains de raisin, il en grappilla une dernière et s'aventura sous l'ombrage de ladite muraille, au fond d'une fissure occasionnée par la pluie et les différences de température coutumières de la région.

Une silhouette rondouillarde émergea du recoin sombre du mur d'enceinte, dont personne n'osait s'y aventurer tant ce pan de rempart demandait à être ravalé, étant, de surcroît, localisé au *bacul* de l'écurie, tellement cela fleurait le crottin des chevaux.

Son visage émergea dans la lumière naissante – les rayons solaires obliqua vers le chef échevelé de Solomon. Sous son regard allègre, il se revêtit le torse de la chaude tunique que la vieille lui avait généreusement offerte avant qu'elle trépasse ; il pencha la tête vers les pavés, d'où une mince flaque d'urine offrait à ses deux billes l'image de sa mine à l'humeur badine, et débarbouilla la tache cramoisie entachant sa peau cuivrée de fin trouvère, puis s'immergea dans le foirail sur les criaillements des forains, le cacardement des oies et les claquements des sabots des chalands…

Il longea un espace encaissé de l'enceinte –une

---

[14]Le gosier.

odeur fétide d'urine entêtante tourmenta ses narines–, puis bifurqua vers l'étalage achalandé du *regrattier*[15] dont quelques acheteurs s'approvisionnaient, sous le regard débonnaire du daron alors que son apprenti s'échinait à peser les denrées, arranger les caissettes et fournir le nécessaire aux clients – mais le règlement ne s'établissait que par la mainmise de son patron, tant il possédait une autorité charismatique sur son employé.

« Par Saint Homebon, arrête de rêvasser ! Ne vois-tu donc pas que dame Bathilde te tend le *corbellon*[16] ?... » tout en lui jetant un œil féroce.

Pendant cela, Solomon se posta à quelques pas de l'étal du marchand, posa son balluchon sur la voie publique, déposa son chapel en feutre sur le pavé et en extrait trois balles qu'il lança successivement dans les airs, entamant une ambiance festive. Quelques badauds s'arrêtèrent, admirant sa dextérité et la grâce du gestuel lorsque les balles voltigeaient et passaient de pogne en pogne sans qu'aucune d'elle ne se rencontre et se retrouve sur le pavé. L'attroupement grossissait au fur et à mesure que son adresse attire les curieux et les chalands, jusqu'à ce que les clients du primeuriste délaissent ses étals, pour se diriger *illico* vers le profil potelé du jongleur tout en joie devant l'affluence de la populace... Commissures des lèvres étirées en une ébauche de sourire surfait, nez épaté pointé vers le drapé du ciel, Solomon se concentrait sur l'orbe jaillissant des balles, admirant la vélocité avec laquelle elles tournoyaient dans les airs, à la face

---

[15]Le primeuriste.
[16]Petite corbeille.

émerveillée des badauds, n'étant plus qu'aux faits du remarquable bateleur.

Animé d'une humeur sourde, le détaillant en fruits et légumes fit le tour de son étalage et parcourut les quelques mètres le séparant de ce drôle d'énergumène... Il pénétra dans cette enceinte humaine, vouée à l'oisiveté et à la badauderie, tout en bousculant quelques flâneurs... Le port de tête tendu vers son zénith, la démarche impérieuse, il arpenta les derniers mètres en direction de l'histrion pour, finalement, dresser sa grosse pogne vers la course solaire des balles en cuir, voltigeant comme des lunes entre ses adroites pognes... réduisant à néant ce spectacle fort méprisable, tout en subtilisant dans les airs la balle la moins véloce que les deux autres... Puis elles churent sur le pavé, laissant le jongleur sur sa faim, pendant que les spectateurs firent grise mine face au bourgeois puritain. Comment pouvait-on interrompre, séance tenante, cet agréable amusement, tant la dureté de la vie ne leur procure guère de distractions, à part les mariages, les naissances et les enterrements, ainsi que les fêtes agraires et religieuses ? ...

Le commerçant – dont la stature en imposait – s'approcha de la face joviale de Solomon, et le toisa d'un regard hautain :

— Qui es-tu pour oser perturber le foirail ? Et le dévisagea de haut en bas. Si je me brise l'échine des *matines* jusqu'aux *compiles*, ce n'est pas pour qu'un mendiant vienne me mettre des bâtons dans les roues et me rançonner mes clients !... tonna-t-il à son adresse.

— Que votre *seigneurie* me pardonne, s'il vous

semble que je trouble l'ordre public… répliqua Solomon. Mes intentions ne vont pas jusque-là, uniquement divertir le pauvre comme le nanti, tant la dureté de la vie courbe l'échine de cette créature à deux pattes que le Divin a enfanté, à partir d'un morceau de glaise…

Les bras sur les hanches, le marchand resta planté au centre de ce tréteau prédestiné à la comédie ; les deux protagonistes se livrant une joute déclamatoire, une parodie homérique peut-être aussi illustre que celles des anciens dramaturges grecs. D'un geste preste de son peton, le commerçant tamponna sur les balles encore sur la chaussée, alors que le jongleur allait les récupérer *illico*, d'une poigne adroite et agile.

— Ton gagne-pain n'est pas une scolastique[17], pour clamer des intentions pures et nobles, rétorqua-t-il en toisant le baladin de son torse corpulent, mais uniquement des *oisivetés* de fainéant, de brigandeau, un vaurien assidu à mener grande vie sur le dos des chalands !… J'ai d'autres chats à fouetter que de babiller avec des vauriens de ton espèce ! À cause de tes divertissements de ribaud, tu m'as fait perdre du temps, donc de l'argent, alors fiche le camp du foirail avant que l'envie ne me prenne de rosser ton arrière-train avec un gourdin ! clama-t-il haut et fort, devant l'assistance.

Sur ce fait, un agent du foirail fit son apparition :

— Allez, éparpillez-vous ! s'écria le fonctionnaire. Puis, il fondit vers les protagonistes de cet affrontement litigieux, toujours en train de se regarder en chiens de faïence. Quelle est donc la cause de cette algarade ? tonna-

---

[17]   École de pensées issue de l'enseignement d'Aristote.

t-il, tout en dressant le menton devant les deux hommes.

— Vous avez affaire à un aigrefin, Monseigneur, déclara le primeuriste, son gros doigt pointé vers le poitrail de Solomon. Cet homme use de subterfuges malhonnêtes afin de marauder la clientèle de vertueux commerçants, perturbant ainsi la sérénité du marché…

Le garde se dirigea vers Solomon en claudiquant, le visage bouffi, à force de *gobeloter*[18] une cervoise frelatée dans son *gargueton*[19]. Il le jaugea d'un regard farouche, tout en s'approchant à quelques empans de sa bouille de fier baladin :

— Je n'ai jamais aperçu ta binette dans le bourg, tout en le dévisageant méchamment. Et j'ai suffisamment de mémoire pour justifier mon dit, appuya-t-il d'un ton cinglant en pointant son gros doigt enflé sur son crâne. Comment t'appelles-tu ?

— Solomon, Monseigneur.

— As-tu réglé ton *droit-de-travers*[20], pour exercer légalement au sein de la cité ?

— Que nenni, Monseigneur…

— Et arrête de m'appeler « monseigneur », « monsieur » fait très bien l'affaire ! Donc, point de droit-de-travers ? dit-il tout en déroulant sa peau de vélin, et glissant son *oil* austère tout du long du parchemin. Il redressa sa face lugubre rosacée, rongée par un taux d'alcool démesuré. Et tu n'as même pas réglé ton *droit*

---

[18]   Boire avec excès.

[19]   Le gosier.

[20]   Taxe pour les commerçants.

d'étape[21], afin de pratiquer en toute légalité tes activités de négoce dans le bourg... Si tu veux continuer d'exercer, tu dois t'acquitter d'un droit d'étape, annonça le fonctionnaire, alors que le primeuriste et les chalands avaient retrouvé leurs affairements...

Solomon redressa son sourcil broussailleux, les commissures des lèvres un brin espiègle...

— Et à combien se monte la taxe ?

— Un denier fera l'affaire, tout en dessinant un trait railleur sur son visage de vieux soiffard.

— Un denier ? C'est une taxe exorbitante, pour un pauvre chemineau... Comment pourrais-je m'acquitter d'une telle somme, alors que je ne porte que des oripeaux sur mon étique carcasse ?

— Possèdes-tu au moins une lettre de change d'un baron ou d'un gros négociant, pour te dispenser de régler ce droit de travers ?

— Que nenni.

— Quels sont tes arguments, pour ainsi te gracier d'une taxe ?

— Ce droit-là repose sur le fait que je divertis la populace : les vilains comme les nantis, déclara Solomon, la verve haute.

Le garde le regarda d'un œil stupéfait, abasourdi par les remarques de cet étrange histrion...

— Aucune mention n'est faite, dans les registres de la prévôté, qu'un négociant soit exempté de régler un tonlieu, un octroi ou un même pontage... Alors je t'enjoins de t'acquitter *illico* de la somme due, sans quoi le cul-de-

---

[21]   Droit de vente.

basse-fosse du beffroi te servira de logis éphémère, le temps de dresser le pilori sur la place du marché ! affirma le garde, son doigt gonflé par la goutte, dressé en direction de l'édifice du campanile situé à quelques pas de là.

— Je ne suis point de la corporation des négociants, mais de celle des enfants de la balle et ménétrier de surcroît ; je n'ai donc point de taxe à régler, si ce n'est celle de combler la soif insatiable de récréation pour l'indigent, après avoir sué sang et eau sur les labours, les semailles et les récoltes… n'ayant à ce jour que le loisir de se satisfaire des réjouissances de ses noces, des naissances en son foyer, des festivités agraires et des fêtes religieuses… et des funérailles, pour que ne me vienne l'idée de m'acquitter d'un tonlieu, ou simplement d'un droit d'étape.

Le garde sentit l'huile aigrelette de sénevé remonter de ses entrailles, prêt à agriffer ses deux pognes replètes sur les épaules du frêle jouvenceau :

— Te moques-tu de moi ? dit-il en le secouant comme un prunier. Je vais te battre le *bacul* comme l'on dresse un mulet ! ses bajoues tremblotantes autant qu'une gelée d'hypocras. Et tout en l'agitant, à lui déboîter les *espaules*, une pluie de piécettes tombèrent du chapeau qu'il avait replacé sur son chef, l'argent cliquant sur les pavés. Empli de stupeur, en voyant comme par magie la menue monnaie égailler le pavement, il se retira du baladin d'un pas, le regard un brin ombrageux devant la floraison de clicaille s'éparpillant sur le pavé. Ah, la fripouille, tu cachais bien tes affaires dans ton chapel d'aigrefin ! Il dressa fièrement son chef vers l'espiègle jouvenceau, puis d'un bras preste il lui montra le tapis de piécettes : glanemoi ces quelques mailles, que tu as voulu me camoufler en m'annonçant que tu n'es qu'un miséreux bateleur ; mon âge ne me permet plus de courber l'échine comme la tige d'un roseau...

Solomon plia ses gambilles, puis récolta la menue monnaie qu'il livra à l'agent de foire, sans se départir d'une mine guillerette qu'il livrait au fonctionnaire, dont l'humeur revêche ne l'avait pas quittée.

— À présent, tu peux poursuivre ta jonglerie durant le temps imparti au foirail... Il entama son cheminement puis se retourna vers Solomon, sa bouille cramoisie se confondant avec la lueur de l'éclat solaire : « Et n'oublie pas de laisser ton emplacement aussi propre que lorsque tu l'as occupé ! » signala-t-il d'un ton austère.

Désappointé par un voisin fort gênant, le primeuriste apostropha l'agent, prêt à retrouver le troquet du coin. Il lui attrapa le bras, afin qu'il daigne l'écouter :

— Jean. Puisque tu laisses cet individu perturber le foirail, je ne me gênerai pas de porter l'affaire devant la prévôté ! tout en le regardant de ses yeux de braise.

— Aucune législation du bourg, n'interdit l'accès aux gens de la balle. Alors, fait ce qui te plaît, Guillaume. Et maintenant, laisse-moi tranquille, j'ai d'autres chats à fouetter, que de perdre mon temps pour des broutilles de camelots... ! et s'en fut vers le mastroquet de la venelle des Quatre-Vents...

Attirés par les acrobaties du baladin, les badauds s'amoncelaient sur le parvis du beffroi, observant d'un *oil* émerveillé les tours d'adresse du preste jongleur. Les numéros s'enchaînant ; tantôt les balles fusaient de pogne en pogne dans un étonnant tableau où elles formaient un ballet harmonieux, tantôt ôtant son chapel afin d'en extraire la bourse potelée du *nobilis* placé à son flanc, qu'il lui rendit *derechef* d'un sourire espiègle, l'opulent personnage époustouflé par ce tour de passe-passe déconcertant – dès lors l'altier seigneur accrochant son aumônière à la ceinture, empli d'une ferme vigilance…

Le temps s'écoula comme évolue la forme des nuées sur la voûte des cieux de cette grosse bourgade, les tours de jonglerie s'enchaînant dans une expectative étonnante, où les chalands délaissaient leurs échoppes pour se joindre au dense attroupement entourant l'extraordinaire histrion. Échauffé par les esquives de ses clients, le primeuriste sentit monter en ses *entraignes* une sourde colère, prête à émerger à tout moment en une hargneuse homélie fort déplaisante aux esgourdes du jongleur ; son énorme bedaine accolée à l'étal, le maraîcher s'en allait mettre un terme à cette gabegie que la force publique dédaigna d'exclure de cette agora, dont les clients amassés autour du rusé *grippe-billet* personnifiaient toutes les négoces à jamais engloutis dans le cloaque de la marauderie… Surpris par une *sourisete* friande de baies juteuses, le marchand gonfla son torse et d'une ferme contenance attrapa d'une forte poigne une batte posée à l'arrière de l'éventaire, pour s'empresser de briser l'échine de ce rongeur avide de se remplir sa panse de ces fruits des bois succulents… Hélas, l'action ne se passa pas comme prévu, car l'astucieuse grignoteuse fila comme le vent, se carapatant entre les étalages de fruits et légumes, sans qu'il parvienne à mettre la main dessus ; et il battait si fort à coups de batte virulents sur le plan de l'étal, qu'il écrasait les denrées, n'en faisant qu'une infâme bouillie tout juste acceptable à offrir à un cheval de trait ou à une armée de freux faméliques, n'hésitant pas à gaver leur jabot de cette manne imprévue. L'étalage devenait un champ de bataille, les cagettes et autres clayettes formaient un chaos indescriptible où dégorgeait sur la chaussée un jus poisseux de victuailles, désormais gâchées par cette aberration meurtrière.

Le rongeur finit par battre en retraite à l'arrière du tréteau, filant se pelotonner dans un des interstices des blocs de pierre de la muraille... Le marchand revint à ses préoccupations premières, le col fourbu par cette intense activité martiale, à perdre haleine tant il avait donné de sa personne ; les quelques chalands restant devant son étal le regardèrent bouche bée, observant les dégâts disproportionnés qu'il avait occasionnés pour exterminer un vulgaire lérot qui, finalement, lui avait fait faux bond. Alors qu'à quelques pas de là, Solomon menait son spectacle tambour battant, offrant un enchaînement de saynètes dignes de grands bateleurs de la puissante cité de Chief-au-Paillerets, dont les citoyens vantaient aux pérégrins le génie festif de leurs ménétriers... Il égrenait ses tours de passe-passe devant le regard ahuri des badauds, les piécettes tombant dans son escarcelle posée à terre, qu'il devait déjà disposer d'un bon pécule pour entretenir ses besoins essentiels, et cela pour une bonne semaine à venir.

Le temps passa, mettant un terme à sa prodigieuse

représentation. Les oisifs finirent par rejoindre leurs pénates, tandis que le baron à qui il avait escamoté subtilement sa bourse, s'empressa de l'apostropher pendant que Solomon emplissait son balluchon de tout son attirail de forain.

— Vous m'avez épaté… s'enquit le bourgeois. La mine radieuse et le sourcil broussailleux – ses bajoues gonflées par la bonne chère et, sûrement une coupe d'hypocras. Solomon redressa son échine, l'*oil* toujours guilleret, effilé par des cernes de lion aux commissures de ses yeux d'un bleu azuré.

— C'est une activité qui dure de père en fils depuis moult générations, rapporta Solomon. N'y a-t-il pas de plus illustre fonction, que de divertir les gens et les déloger de leurs tourments de pauvre mortel durant quelques heures ? Le bourgeois fit quelques pas vers lui, ce qui pour un notable était déjà une tension poussée à son extrême, tant ce cas de figure à causer aux vilains pouvait s'apparenter à un tour de force…

— Vous logez à *l'Hostellerie aux Faisans* ?

Solomon le regarda d'un air estomaqué, le sourcil suspendu sur un ciel devenu maussade au fil des heures ; les nuées s'amassaient en une masse compacte, formant une enclume cendreuse au-dessus de l'opulente cité bourgeoise. La luminosité s'était tout à coup estompée, offrant au regard du nanti une étrange carnation du jeune ménétrier, tant son teint semblait brasillant alors que l'atmosphère ambiante s'était électrisée…

— Que nenni, sieur… ?

— Giustiniano… répondit le gentilhomme.

— Ah, Italien, je suppose…

— Génois, et je tiens à affirmer haut et fort la filiation génoise de mes ancêtres !… Je suis l'un des plus gros négociants de la cité, témoigna-t-il en lui désignant de sa grosse phalange, une chevalière qui trônait à l'annulaire de sa main gauche – la bague arborait le sceau des armoiries génois.

Le baladin ne semblait point impressionné par les dires de son imposant spectateur.

— Et, quel genre d'articles proposez-vous sur les marchés ? s'enquit-il, la mine ensoleillée d'un sourire un tantinet espiègle.

— Des tissus damassés, des draps et des soieries somptueuses, ainsi que des coiffes et des guimpes pour ces *dameletes*… Je suis un fournisseur de ces gens de foire, de sorte que tu ne verras jamais mon faciès sur les champs de foirail ; que cela soit à la Boisserie où ailleurs. Sauf si l'un d'eux me fait faux bond, oubliant de créditer mon compte bancaire ; en ce cas-là, je peux être amené à faire appel à un soudard, un *condottiere* apte à recouvrer la somme due par le chaland… Fut-il à éprouver le malandrin de manière fort désagréable… !

L'heure de *sexte*[22] amputa cette conversation en aparté, le carillon du campanile sonnailla au-dessus de la place du marché ; le nanti déshabilla du regard le jeune bateleur :

— Vous devez être fort affamé, à battre la mesure avec vos ustensiles de forain ?…

Solomon hocha du chef.

---

[22] Midi.

— Assurément, sieur Giustiniano. Mes *entraignes* me signalent qu'il est grand temps de me sustenter… tout en regardant son bedon criant « famine ! ».

— Vous êtes mon convive, durant ce jour béni par Dieu. Suivez-moi ; toutefois vous n'aurez aucun mal à fouler sur mes pas, tant j'avance comme un apathique *escargol…*

3

La table était dressée dans la modeste pièce attenante à la cuisine (la maîtresse des lieux fut, une nouvelle fois, prise au dépourvu pour cette énième invitation) ; malgré tout, le faste demeurait apparent : les murs se drapaient de tentures aux tons chauds, des scènes de chasse automnales et des tableaux rutilants représentaient des cités du royaume de Lombardie, un coffre pourvu de pentures aux reliefs de feuilles de chêne et une crédence (un vaisselier fort luxueux ornant le pan de mur opposé) apportaient leur cachet au regard désintéressé du divertissant trublion. Le domestique débarqua à pas feutrés, présentant un plat pour les ablutions ; ce que fit notre joyeux drille, observant d'un *oil* circonspect ce fourmillement de valets et de servantes apporter le nécessaire (une touaille) pour s'essuyer les pognes. L'hôtesse – une belle dame à l'accueil austère –, avait revêtu un surcot de grande valeur. La nuance bleue héraldique de la cotte tranchait sur les longues manches à la tonalité violette. À son échine, des aiguillettes dotées de ferrets dorés refermaient l'ample robe de la maîtresse de maison. Elle avait une prestance de grande dame, mais ne portait que peu d'attention à son convive, dressant une mine farouche aux serviteurs afin qu'ils accomplissent leur tâche avec plus d'entrain. Finalement, elle courba le col devant son imposant mari, lui signalant que la table était enfin dressée. Le conjoint courba légèrement le col devant sa *damelete* au teint crayeux. Il invita son convive à s'attabler sur sa droite, s'assit à son flanc puis elle fit de même, s'installant à l'autre bout des tréteaux, dans un silence monacal.

« Que fait donc notre fille, Madame ? Je n'ai point aperçu son joli minois depuis la précédente soirée ? » il fit grise mine, à savoir que la jouvencelle ne s'était pas déplacée pour le repas.

Sa dame redressa son échine, dressant un regard glacé au chef de famille.

— Elle est indisposée, mon mari. Je lui ai demandé de se manifester, dès que ses humeurs s'amélioreront.

Le mari manifesta un fort mécontentement, à savoir que la jouvencelle ne soit pas de la partie.

Les serviteurs apportèrent le plat et le vin (un hydromel aigre-doux), que notre invité apprécia au palais ; un bouquet fruité et aigrelet titillait ses narines. Quant aux mets – un bon marcassin déposé au centre du plateau déployait son échine cuite à point, dans un écrin céramique de belle facture ; le tout habillé de panais, de carottes et de navets, et agrémenté d'une sauce au vin sucré au miel. Bref, un repas de nanti.

Le repas se fit dans un silence monacal, les cliquetis de la comtoise égrenant le temps qui passe…

Le maître de maison s'adressa à sa douce, accaparée à désosser les côtes du porcelet d'une infinie minutie, ses longs doigts n'osant toucher cette chère si appréciée des nobliaux cossus.

— Chère amie, lors de vos flâneries dans notre si charmante localité, vous avez sûrement croisé notre ami Solomon, un fin bateleur ?...

Elle redressa à peine sa crigne, rattachée par une crépine étirant ses traits afin de la faire paraître plus jeune qu'elle ne l'était, la résille tout juste visible de l'autre bord de table, où Solomon l'observa d'un *oil* discret.

— Que nenni, mon mari ; ce genre d'accointance me donne des fourmis dans les mains, lâcha-t-elle, pour lui signaler qu'elle abhorrait ces divertissements pour oisifs et vilains.

Il se sentit embarrassé par le contre-pied que lui envoya sa dame, et enchaîna sur des propos plus convaincants, afin de radoucir la conversation :

— Notre ami possède un don exceptionnel de ménétrier, durant mes longues pérégrinations autour du bassin méditerranéen, je n'ai jamais rencontré un baladin aussi adroit et rompu dans l'art ménestrel que notre invité...

La dame regarda froidement Solomon.

— La musique de chambre sied plus à mes esgourdes, fit-elle d'un ton glacé, que les sonorités criardes d'une flûte ou des cymbales, puis elle reprit sa cuiller qu'elle plongea dans le jus de marcassin.

C'est alors que la bachelette s'immergea dans la pièce, le port de tête un brin fléchi vers les lames du parquet, la mine blafarde, la crigne échevelée et le regard glissant sur la boiserie ; cela permettait, au moins, de lancer des causeries sur d'autres thématiques de la vie… si la jouvencelle était décidée à rompre la monotonie des lieux, car apparemment cela ne semblait pas le cas.

Le daron se dressa de son séant, la mine réjouit à l'apparition de sa fille ; il prit ses menues menottes dans ses grosses poignes, alors que la demoiselle affichait une humeur grinçante, sa face aigrelette plongée vers les lames de la pièce, à la recherche d'un plan de sauvetage salvateur…

— Vos humeurs ont-elles retrouvé leur harmonie d'antan, ma fille ? elle redressa sa bouille aux joues rondelettes, le regard fuyant vers l'encoignure d'un mur.

— Tu vois bien que tu l'importunes… ajouta sa femme.

Il se rapprocha de Solomon, qui s'était déjà redressé de sa chaise, le regard détaillant la prestance extravagante de la jeune fille : le bliaud – d'origine de belle facture –, était froissé et souillé, sûrement par des aliments gras ; elle n'avait qu'une douzaine de printemps, mais le visage se constellait de boutons d'acné, qu'elle essayait de dissimuler sous une épaisse couche de maquillage.

— Cher ami, je vous présente ma fille Fortunat… Solomon plia le col, devant la mine effacée de la jouvencelle ; elle ne semblait point apeurée, mais plutôt blasée par une vie opulente, où le père déversait ses largesses en lui offrant bien plus ce qu'une bachelette de son rang pouvait posséder en d'autres circonstances.

— Fortunat… Un prénom assurément bien porté en cette occasion, affirma Solomon.

L'épouse fit de gros yeux, n'appréciant pas la

boutade de son invité ; le mari donna la réplique :

— C'était le prénom de mère, hélas elle décéda peu avant que sa petite-fille vînt au monde. Fortunat, vous pourriez parler à notre convive ! Vous qui êtes passionnée pour les saltimbanques et les funambules, vous avez en face de votre joli minois un des plus grands ménétriers de la contrée... mais elle resta de marbre devant les dires de son père, tant ses humeurs de jouvencelle prenaient le dessus. Elle s'assit à côté de sa daronne, mais l'on sentait des dissensions établir son hégémonie entre les deux femmes, notant le bruissement des *monchillons*[23] oser troubler le repas.

Solomon fit une tentative auprès de la jouvencelle, dont il sentait que les accointances avec sa daronne n'étaient pas au beau fixe :

— Vous suivez actuellement des études ? demanda-t-il, avec une subtile prévenance.

La mère répondit à sa place, alors que la fille observait son tranchoir sans y avoir trempé le pain.

— Actuellement, sa santé ne lui permet pas de suivre des études ; elle devait poursuivre un cursus au Collège du Quadrant, fit-elle d'un timbre hautain.

— Et dans quelle voie, désiriez-vous entreprendre ce cursus ?

— Ce sont des études de longues haleines permettant de former de futurs enseignants théologiens, répliqua toujours la daronne.

— Mais laisse donc notre fille répondre à notre charmant invité ! s'écria le père, la mine s'empourprant

---

[23]   Les moucherons.

suite à un bon cru issu d'un cépage remarquable, ou d'un inconfort émotionnel né d'une atmosphère devenant pesante au fil du repas, et pas seulement pour découvrir les saveurs du palais. Dieu lui a donné une langue… ajouta-t-il. Notre fille passe une phase de sa vie difficile, comme toute bachelette de son âge, affirma-t-il d'une mine angoissée.

Ni une ni deux la demoiselle explosa d'un criaillement nerveux, ruisselant de sanglots venant plomber la *cuistance* jusqu'aux galoches ; elle se dérogea à la règle de bienséance en se relevant de son séant, puis fila vers ses appartements en courant sur ses petits petons.

Le cœur serré, la mère en fit de même, elle jeta sa *touaille*[24] sur la table et partit dans ses appartements sans même présenter ses excuses à son invité et à son mari… Ils se regardèrent tous deux, des regards miroirs afin de saisir l'importance de la situation ; sourcils accrochés aux solives, *oils* globuleux, Solomon observa les prunelles tremblantes de son amphitryon.

— Veuillez m'excuser pour ce… désagrément, fit-il d'une voix éraillée. Je vais prendre de ses nouvelles… *Derechef*, il se dirigea vers la chambre de sa fille, alors que Solomon regardait son plat, dont le morceau de marcassin avait refroidi. Il porta la coupe de vin à son palais, mais le grand cru avait perdu de sa sapidité. La servante – plantée comme une bécasse devant l'entrée des cuisines – le regarda d'un air godiche, pendant que la maisonnée était sens dessus dessous.

Il entendit des pas rapides claquer sur les lames du

---

[24]   La serviette.

parquet ; l'amphitryon déboula dans la pièce, le souffle haletant, le visage blême et la crigne ébouriffée.

« Ma fille est inconsciente ! » hurla-t-il, tout en ne sachant que faire. Il pivotait son chef de dextre à senestre, le regard affolé et les yeux exorbités par sa découverte. Les employés de maison fourmillaient en tous sens : l'une débarrassant la table à la va-vite, l'autre brisant la cruche en voulant la remettre à sa place et la troisième filant vers la chambre à coucher de sa maîtresse afin de l'avertir de cette effroyable annonce, pendant que le majordome – qui avait demandé à la servante d'annoncer le terrible drame à sa daronne – vint retrouver le propriétaire des lieux et lui signala qu'il allait quérir le maître mire[25]…

Solomon calma l'esprit enfiévré de son hôte, et tous deux allèrent jusqu'à la chambre de la demoiselle. Elle était à demi allongée sur son châlit, la face amorphe, et la poitrine avachie sur le drap de lit alors que le reste de son corps s'affalait sur le parquet. Son père prit sa tête entre ses grosses pognes, elle respirait difficilement et avait le visage hagard, les yeux de l'âme éteints et globuleux.

— Ma fille, que t'arrive-t-il ? As-tu ingéré un philtre délétère ?…

— Mon ami, laissez-moi examiner votre bachelette ; j'ai quelques connaissances dans l'art de Hippocrate.

Le négociant génois se redressa puis laissa cet inconnu ausculter la chair de sa chair…

Solomon plia ses jointures afin d'être à la hauteur de la jouvencelle, dont la mine pâlotte n'augurait rien de

---

[25] Le médecin.

bon. Son visage se fardaillait de traits tirés et livides, et le souffle ne possédait plus cette eurythmie élégante que son père percevait lorsque leur complicité partait dans des fous rires désopilants. De ses deux doigts il écarta les paupières, mit une oreille attentive sur le corset puis observa sa bouche, d'où une écume verdâtre y dégoulinait et dévalait son col adipeux, pour aller se lover sous le bandeau soutenant sa généreuse poitrine.

— Fortunat, m'entends-tu ?... elle répondit d'un faible mouvement de la tête, le cœur battant comme un marteau sur l'enclume du forgeron. Il la souleva et l'étendit sur le châlit. Elle tremblait et se mit soudain à lancer des insanités sur le dos de sa mère et de son père, les traitant comme des bouseux et des parents incestueux… et pendant que Giustiniano sentait sa raison défaillir, Solomon plaça ses deux pognes d'histrion au-dessus du bas-ventre de la jouvencelle tout en psalmodiant des incantations à voix feutrée ; après cela, il se redressa à la recherche d'un cruchon ou d'une gourde. Allez me chercher un peu d'eau fraîche, lui demanda-t-il, alors que le maître des lieux le regardait d'un air d'effroi. Le négociant revint armé d'une fiole, qu'il détenait lorsque les grandes chaleurs tombaient sur la cité. Le baladin souleva délicatement la tête de la pucelle, et l'aida à boire quelques gouttes d'eau.

« Ma fille est devenue démente ! » tonna-t-il, tout en agrippant sa tête de ses deux pognes, la ballottant d'avant en arrière comme un demeuré.

Solomon redressa son échine et s'approcha de lui.

— Que nenni, elle vient d'absorber un philtre de mandragore, afin de mettre fin à ses jours, fit-il en le regardant d'une contemplation extatique. Vous devriez écouter son cœur et non lui imposer ce que vos désirs vous assignent à lui infliger pour le restant de sa vie...

— Croyez-vous qu'en cet instant il faille récurer son âme des dilemmes et erreurs d'un foyer tombé dans l'adversité ?

— *Oi*, fit-il d'un air serein. Car l'heure est au dénouement heureux des affaires de l'*hostel*[26], renchérit Solomon. Il allait étendre sa paluche sur l'épaule de son hôte, lorsqu'il l'écarta brusquement et porta sa lourde stature vers le corps étendu de sa fille. Elle ne cessait de s'agiter, et dans son malheur, lorsqu'elle ouvrit les mirettes, elle se mit à l'injurier de tous les malheurs du monde... Elle redressa l'échine et lui cracha au visage, armée d'un sourire démoniaque. Il la regarda d'un air d'effroi, s'essuya la face d'un revers de la manche et se retourna l'arme à l'*oil*.

Fortunat s'affala sur le châlit puis s'endormit d'un sommeil agité, alors que son daron se rapprocha du bateleur, et lui présenta ses excuses :

— Oyez, messire Solomon, veuillez accepter mes excuses pour vous avoir bousculé, mon âme est à jamais perturbée par la démence de ma puînée... Je crains qu'elle ne soit que la marotte du malin. À présent, elle s'est métamorphosée en *sorceresse* !

— Que nenni, seigneur Giustiniano. Votre fille a seulement besoin que l'on daigne écouter ce que son cœur et son âme voudraient vous faire comprendre : que sa destinée n'est point à l'ombre du cloître d'un couvent, fit-

---

[26] Ici, c'est un foyer.

il, d'un ton de voix attentionné. Vous devriez tantôt soutenir votre fille, tout en adressant un coup de chef vers le corps tremblotant de Fortunat.

Giustiniano venait tout juste de plier les jointures au pied du lit et tendre sa pogne dans la menotte de Fortunat, que sa *damelete* accourut *derechef* dans la chambre, la servante postée sur le seuil de l'huis. La dame s'affaissa en pleurs sur le corps de sa fille, alors que Solomon aperçut le médecin entrer dans le salon, accompagné du majordome.

Les rais d'un soleil levant filtrèrent à travers les persiennes de la chambre, laissant ses rayons iridescents *mignoter*[27] le doux visage de la *damoiselle*. Ses lourdes paupières s'ouvrirent au jour nouveau, la vision tout d'abord fébrile, nerveuse et imprécise. Puis la netteté revint, détaillant les murs, les lourdes draperies tombant jusqu'au plancher et les menus détails de la chambre d'une bachelette de la haute société… Son regard achoppa la silhouette assoupit sur la chaise à tenailles, placée en bordure du châlit. Un membre atone étendait son galbe jusqu'aux doigts effilés épousant les lames du parquet ; le corps pelotonné de sa mère rendait l'âme de la chambre particulièrement adoucie, à l'encontre des jours derniers. Elle sommeillait dans les bras de l'intrigant Morphée. En pénétrant dans la pièce, son père s'aperçut que son enfant venait de s'éveiller ; il accourut auprès d'elle, geignant comme un marmouset. « Oh, ma fille, Fortunat, tu es vivante. Puisse notre Seigneur être loué… » il la regarda, le visage en larmes. Les doigts tremblants de Fortunat

---

[27] Caresser, câliner.

pénétrèrent dans sa crigne blanchâtre et clairsemée ; les atours de la mignardise toquaient à l'huis du foyer. Il redressa le chef, la face empreinte d'une paix recouvrée.

— Nous avons craint pour ta vie, et tant priés pour que Notre Seigneur daigne encore nous offrir la joie de te voir jouir des jours qui passent...

La dame ouvrit les yeux, courbaturée d'avoir veillé sur le sort de sa fille, affalée sur un simple tabouret. Elle n'en crut ses mirettes, lorsqu'elle vit son rejeton renaître au monde. Elle se redressa, l'échine fourbue, et recouvrit ses deux amours au pied du châlit... « Mon enfant, pardonne-moi, ta jouvence m'a rendu l'âme acariâtre et méchante, fit-elle d'un timbre tressautant. Puisse Dieu bénir notre mire ; grâce à ses médications, il vient de te sauver d'un grand malheur... »

— Que nenni, ma mère. Rendez plutôt grâce à ce trouvère, car il a donné de sa personne afin de rendre mon corps, mon esprit et mon âme aussi clairs que les flots d'un ruisselet...

Il arpentait le sentier d'une humeur guillerette, un brin de paille coincé entre ses lippes. Solomon dressa son col vers le piémont du piton de Mauldiction, le chemin serpentant entre les crosses de grandes fougères et des rochers anthracite, dont son *oil* aiguisé découvrait entre les lézardes tout une faune de scorpions et de vouivres venimeux s'y lover, à l'abri des fortes chaleurs ; il releva son chef devant la face d'ophidien de l'une d'elles et lui donna le bonjour : « *Oyez, Seignor python, Deus vos croisse bonté...* », fit-il en pliant l'échine ; puis le bateleur poursuivit son chemin d'une démarche folâtre… ses petons gambillant sur la laie sinueuse, dont on percevait à quelques pas de là la frondaison luxuriante de la forêt bruisser sous un zéphyr taquin…

4

Le gazouillis des oiseaux s'étouffa dès qu'il franchit l'orée de la futaie, ne laissant que le chuintement du souffle rauque du vent s'engouffrer dans la ramée ; il dressa son chef vers le houppier des arbres, d'où il discernait leur cime onduler sous les assauts d'un Éole devenu subitement farouche. Zéphyr avait laissé place à un frénétique borée ; des feuilles par milliers tombaient comme des flocons de neige sur une terre molle et humide, la ramure se dégarnissant peu à peu de sa parure végétale. La lueur du soleil semblait s'atténuer au fil de sa progression, n'offrant qu'un faible halo jaunâtre percer la frondaison. Baluchon sur l'*espaule*, il progressait sur la laie d'où il entrevoyait quelques écureuils sautant de branche en branche, un blaireau goulu se délectant de quelques lombrics au pied d'un grand arbre et un chevreuil l'observant d'un regard effarouché, puis fuyant au son étouffé d'une bête tapie sous le couvert des fourrés et des nombreux fûts, drapant l'ample sylve du mont de Mauldiction. Son odyssée n'avait pas de limite, semble-t-il, si ce n'est offrir de la joie et des éclats de rire du *marmouset* jusqu'au *vieillaudin*. Peu importe d'où il naquit, ce qu'il avait accompli et le fatum qui l'attendait, tant en son for intérieur le sourire rayonnant du vilain comme du nobilis[28] lui apportait un réconfort animique.

Après avoir arpenté quelques lieues, le corps de ce trimardeur s'avachit au pied d'un majestueux chêne, ses racines gonflées d'une suave lymphe issue d'une terre fertile, d'où la broussaille, les champignons, les mousses et lichens s'y développaient dans une luxuriante démesure. On connaissait les lieux pour ces sournoises malédictions et rencontres funestes que les gens des bourgs avoisinant l'austère sylve contaient à leurs *marmousets*, sous la véracité parfois douteuse des anciens… tant il est vrai que la futaie abritait parfois des *coupe-jarrets* et autres *vide-goussets* ; mais le plus étrange, dans ces histoires à narrer à la tombée de la nuit, c'est de braver la furie de la s*orceresse* Engelberge… On dit qu'elle se métamorphosait comme elle changeait d'humeur, et qu'elle transformait le brave chemineau en pourceau s'il ne voulait pas copuler avec elle, alors elle le faisait rôtir afin de se gaver de ces tendres morceaux de chair humaine dès que l'orbe de la lune fut plein comme une femme enceinte. Quant au restant de la carcasse, elle la foulait de ses grands petons afin d'en faire de l'engrais pour ses mixtures diaboliques.

Adossé contre le fût du vénérable feuillu, il ouvrit son étique balluchon dont le contenant s'étoffait de quelques gonailles élimées par le temps, de ses balles de jongleur abrasées par moult exhibitions au sein de puissantes forteresses comme sur les placettes de maigres bourgs, de sa flûte traversière et d'un croûton de pain noir qu'il émergea de ce bagage noué autour du bâton du

---

[28]　Du paysan comme du noble.

pérégrin. Bien maigre lippée pour garnir sa panse, après avoir arpenté tant de lieues, puis s'obligeant tantôt à jeûner pour éviter de rompre à pleines dents la dernière bouchée de pain ; pour autant, il ne refusait jamais de recourber l'échine afin de sarcler d'une pogne attentionnée quelques *simples*[29] de la combe ou de la futaie, afin de se préserver d'une humeur maligne grondant dans ses *entraignes* et de se restaurer de quelques tubercules arrachés d'une paluche adroite. Après avoir terminé ce piètre festin, la bedaine *criaillait* de ne point avoir été suffisamment sustentée, mais peu importaient ces excrétions grondantes de la panse, tant la joie émanait de ce drôle histrion, même en ces circonstances où seule sa thébaïde[30] pourvoyait à son bonheur…

Sur cette fin de repas salutaire pour un disetteux, son esprit plongea dans les bras de Morphée… et sombra dans un état de vacuité sans fond… L'esprit semblait nager dans un éternel repos salvateur, en ce vide où l'espace et le temps furent abolis, en tout cas leur existence bannie durant une période pérenne, par la grâce de l'état de viduité en attente de recouvrer cette conscience fait homme.

Hélas, en ces abysses où nulle âme ne paraissait à sa gloire de vertueux baladin, une gemme d'un jaune de péridot y scintilla et grossit comme une pierre levée des régions païennes du septentrion, puis se métamorphosa en une *damelete* toute de noir vêtu. Sa face cireuse perturba son esprit, lui offrant des traits de *vieillete* d'où deux gemmes de soufre y brûlaient dans l'incandescence de ses

---

[29]   Plantes médicinales.

[30]   Lieu désertique. Refuge ascétique.

orbites maculées au khôl. Elle ne fut qu'à quelques coudées de son visage occulté par les abîmes de cet état de mort apparente, jaugeant et pesant son âme d'un sourire aigrelet.

« Par tous les démons des enfers, je glousse devant ce *damelot* ayant fait œuvre de charité... » Elle dressa un bras famélique sur le torse du jongleur que nulle pupille de mortels ne pouvait apprécier dans cet état second, situé entre la vie et la mort : le sommeil profond.

Il ne semblait pas agité pour autant que cette *sorceresse* émerge des flots des Hadès, où seules les âmes des damnés hurlent de désespoir après avoir cédé leur obole, au passeur du Styx, Charon.

— Ma *damelete*, quel bon vent vous amène, en ce lieu paisible où je médite sur le destin des mortels ?

— Je viens te proposer un marché, afin de préserver ta vie d'un traquenard dirigé par de vils aigrefins prêts à t'occire dans cette futaie...

— La vie est garnie d'imprévus, et c'est grâce à cela qu'elle nous offre tant d'opportunités...

— Ha, pauvre mortel, préfères-tu le fil de la dague ou jouir d'une vie longue et paisible, jusqu'à ce que la décrépitude te rappelle d'avoir vécu durant tant d'années à souffrir dans cette cage dorée ?...

Il demeura quelques instants sans réponse, son esprit glissant sur le fil de l'espace-temps, et revint armé afin d'affronter sa prose :

— Quel est donc ce concordat, pouvant me permettre de jouir d'une vie prolixe et sereine ?

— J'ai un Sabbat à tenir... Offre-moi ton âme, et

ces égorgeurs passeront le gué sans jamais porter atteinte à ta vie !

— Qui me prouve que ta promesse sera tenue ? On connaît le fruit à son noyau, et le tient me semble gâté par le charançon…

Elle ouvrit ses deux billes soufrées, sa lippe dégageant une humeur verdâtre, puis émit un sourire espiègle, dont le fil de ses lèvres formait le tranchant de la faucille de Thanatos.

— Libre à toi d'affronter ta destinée, parce que la mienne est déjà offerte au malin. Sur ses dires elle s'évapora, alors que Solomon s'éveilla d'une sombre torpeur, perturbé par un embrasement perturbant ses paupières closes…

Dressé à quelques pas de là, un éboulis de roches mit une issue à son voyage onirique ; les éclats miroitants du monceau de pierres l'éveillèrent de cet effroyable cauchemar. Il se redressa, détaillant l'espace dégagé d'où s'élançaient des arbrisseaux en quête de clarté, et des lierres grimpants s'accrochant aux fûts des arbres bien plus massifs. Il dressa le col vers la ramée, déjà les rayons du soleil jouaient avec la frondaison, les ramures oscillantes sous le souffle léger d'un Éole espiègle. Solomon se leva de son séant ; des racines tortueuses affleuraient d'un sol humide et frais, où des mousses et des lichens y avaient élu domicile, drapant d'un vert émeraude le pied de l'arbre centenaire. Il reprit son trajet à travers la sylve, formée de caducs aux ramures sournoises et des broussailles malaisées à explorer ; la laie sinuait entre de majestueux chênes, des hêtres, des noyers, des frênes et bien d'autres géants cachés sous l'ombrage de leurs dais feuillus, où les rayons d'un soleil levant formaient des jeux de lumière scintillants. Le chemin serpentait parmi les crosses de fougères aussi hautes qu'un homme, alors que des oiseaux gazouillaient à tue-tête leur joie du jour nouveau ; une grive sautillait entre le tapis de feuilles mortes, à la recherche d'un ver à becqueter. Occulté par des branchages, un couple de merle noir observait attentivement leur proie, une grive au bec bien garni, puis les freux se précipitèrent sur le traqueur de larves afin de lui soutirer le fruit de son labeur... Vermisseau au bec, la grive se carapata d'un battement d'ailes vers un massif de fourrés, à l'abri de ces *grippe-billets* d'une livrée brunâtre. Après cette frétillante distraction, Solomon chevilla profondément son chapel sur sa crigne échevelée. Les rais biaisés du soleil percèrent la canopée et se déployèrent sur le sentier, peignant un tableau rayonnant au sein de la futaie ; il gonfla son poitrail, puis traversa le rideau de lumière rasante et s'enfonça dans l'obscure forêt, alors qu'à son échine le cadavre de la grive jonchait le tapis de feuilles mortes, déjà colonisé par une armée de fourmis...

Le bruissement de la forêt coulait en ses esgourdes d'une vaste étendue de sons, comme celle du bruit du vent pénétrant dans le sous-bois, le murmure feutré de la frondaison, les piaillements des oiseaux abrités sous le couvert du feuillage, et les nombreux cris de la faune, allant de la progression d'une colonie de chenilles sur le tapis de feuilles mortes aux criaillements des grands animaux, tel le grognement du sanglier, le grommellement de l'ours ou le brame du cerf. Mais tout cela lui importait peu, car il était en osmose avec mère nature…

L'orée de la terrasse du mont de Mauldiction n'était qu'à quelques foulées de là, car l'escadron arborescent de la forêt s'éclaircissait au fur et à mesure qu'il progressait vers l'embouchure du gué ; son cheminement le poussait vers le couchant, où le plateau des Geantels étendait son vaste tablier d'enrochement granitique sur deux ou trois lieues… posté sur un promontoire – dont un sentier descendait en lacets périlleux jusqu'au dernier boisement permettant d'accéder à l'immense corniche –, Solomon aperçut au loin le lacet du gué, la rivière serpentant dans la gorge à une vingtaine de mètres plus bas et servant de démarcation naturelle entre les formations géologiques, végétales et animales divergentes en ces lieux. L'étendue rocailleuse du plateau contrastait face à la couverture verdoyante de la futaie. Il entrevit un grouillement humain se mouvoir aux alentours du fameux gué ; des *vide-goussets* – prêts à occire le commerçant ambulant ou le pauvre chemineau – avaient établi leur siège au pied de l'emplacement stratégique, et à moins de faire une boucle de plusieurs lieues, on ne pouvait que franchir cet étroit passage diabolique sans échouer sur ces infâmes égorgeurs. À la vision de ce troupeau sanguinaire, il immisça un sourire malicieux puis entama la déclivité du terrain vers l'éperon rocheux avec force prudence… Après avoir cheminé durant environ une bonne demi-heure, il localisa l'embouchure du gué à travers le rideau d'arbres avoisinant l'entaille du cours d'eau, étendant sa longue estafilade sur trois lieues en direction du septentrion et cinq vers l'austral… À une trentaine de pas du pont voûté, il interrompit son avancée ; en son for intérieur, il pressentit des images glaçantes, où des coupe-jarrets arrivaient à leur fin en le dépouillant de son escarcelle et l'égorger, armés de la fine lame d'un lourd braquemart.

Il ouvrit sa lippe et puisa en ses poumons le philtre éthéré émanant de l'atmosphère, puis poursuivit son long périple vers sa destinée…

Parvenu à mi-parcours de la passerelle en bois, Solomon aperçut l'un des brigands armé d'un coutelas, qu'il tenait d'une pogne experte ; l'arrogant brigand s'agitait comme un désopilant bouffon, mimant la démarche de Solomon alors que ce dernier resta de marbre face à l'insolence du malandrin. L'homme brandillait ses jointures comme un pantin de bois animé par un invisible marionnettiste, et ne cessait de tirailler une langue pendante de sa gueule de turlupin vers sa prochaine victime. La lame fusait de part et d'autre de ses pognes, voltigeant dans les airs sans qu'il ne se blesse le moindre doigt. Puis, il s'avança vers le bateleur, tandis que les autres aigrefins – une bonne dizaine de fâcheux *vide-goussets* – gloussaient aux arlequinades de leur compère. Mais cela n'effraya point notre histrion, gardant un flegme imperturbable à la vue de ce pitoyable comédien, alors qu'il mit en branle ses membres et poursuivit son chemin vers l'autre berge escarpée, dont le lit du cours d'eau serpentait dans les entrailles de la terre. L'homme gambadait en d'incessantes allées et venues du bord du pont, jusqu'à quelques pas de Solomon afin de le faire bisquer ; cependant, il en fallait bien plus pour agacer et ébranler l'humeur joviale du baladin. Le malandrin eut même une attitude espiègle en subtilisant le chapel de Solomon par son alerte jeu de mains, éclatant d'un rire sarcastique en dressant un bras maigrelet vers son chef, puis déposant le chapeau feutré sur sa crigne de corbeau. Ses acolytes s'en donnaient à cœur joie, pouffant aux facéties de l'aigrefin folâtre. Solomon allait traverser l'extrémité du tablier, lorsque l'un du groupe – un individu de forte corpulence – s'approcha du pont, le torse bombé comme un taurillon en âge d'illustrer sa vigueur combative. Animé d'un regard de braise, il fit face à Solomon, montrant une hargne hautaine et arrogante.

— La fête est terminée ! tonna-t-il, alors que son comparse faisait le bouffon à son échine.

— La fête n'est jamais terminée lorsque la joie anime votre regard, vos jointures et vos gambilles des plus belles aventures de votre vie…

Le virulent mastoc tourna son chef vers les autres hommes, riant et plaisantant à la réplique du chemineau.

— Agilulf, comment peux-tu laisser un gueux te donner un soufflet ? affirma l'un d'eux. Aux propos de l'escogriffe, les autres maroufles s'esclaffèrent jusqu'à se tordre les entrailles, leur échine dressée à quelques pas de là, au pied de leurs tentes chiffonnées par la vétusté et les conditions climatiques. Les malandrins patientaient que le simple commis voyageur ou le gros négociant, sans oublier l'illustre colporteur, parvienne à l'autre bord du pont pour lui escroquer une taxe de travers. Et si le fournisseur déboutait les *grippe-billets*, c'est qu'il avait sous estimé l'esprit frondeur et malveillant des gabelous, défrusquant le malheureux comme un vulgaire coquelet, le renvoyant de l'autre côté du gué, le séant en costume d'Adam…

Le corpulent Agilulf déshabilla du regard ce bout d'homme, qu'il en ferait de la barbaque pour ses molosses, dressant son ample poigne aux prunelles du baladin. Mais l'histrion ne semblait pas ému, ni anxieux devant la patte gigantesque du douanier.

— Tu la vois, ma paluche, tonna Agilulf. Alors si tu veux parcourir notre territoire, il faut que tu t'acquittes d'un pontage de deux deniers ! Sinon, je te la fiche sur ta face de crapaud ! s'exclama-t-il, alors que Solomon restait de marbre devant la face hirsute de l'aigrefin.

— Pour un ménestrel de jonglerie, c'est une chanson, allégua le ménétrier, c'est la règle depuis que les tarifs du travers furent codifiés par l'ensemble des corporations… appuya Solomon d'un ton limpide et pondéré. Agilulf sentit ses *entraignes* gronder d'une sourde colère ; il gonfla le poitrail, emplissant ses poumons d'une humeur maligne et le regarda d'un air courroucé, puis tourna sa hure[31] de maraud vers ses compagnons, gloussant devant ce piquant divertissement ; il reflua sa face d'écumeur de grands chemins vers le malheureux baladin. Et, pour quelle seigneurie ce droit de passage est-il établi ?

— L'unique dépendance qui demeure sur ses terres, appartient à notre coterie ! s'écria le colosse. De ce fait, nous t'accordons un dilemme : soit tu rebrousses chemin si tu n'as pas le montant à régler, ou bien tu ouvres ton escarcelle sans que j'aie besoin de me servir moi-même, dit-il d'un sourire sardonique, sans quoi je ne donne pas cher de ta peau ! Regarde, penses-tu échapper à ce tonlieu,

---

[31] À l'origine, tête de sanglier.

tout en dressant un bras corpulent vers le groupe de péagers, alors que nous sommes une dizaine à patienter que tu daignes payer ce péage ? As-tu donc l'esprit d'un foldingue, pour ne pas saisir que la seule chance pour t'en sortir c'est de t'acquitter de ce droit de travers… ?

Solomon resta sans mot dire devant la soporifique grandiloquence du gredin, le regard plongeant dans ses deux billes soufrées, sans qu'il ne soit pour autant inquiété par la carrure de l'homme de gué. Ses pognes s'étaient subtilement glissées dans ses braies, à la recherche de deux balles à jouer.

Le truand tournailla ses membres potelés afin de les réchauffer et d'intimider le ménestrel, son torse n'étant qu'à trois à quatre empans du chemineau. C'est alors que Solomon lança ses deux balles vers le zénith, jonglant d'une main experte tandis que le coupe-jarret dressait sa hure ragaillardie par une ardeur enfiévrée vers le ciel, apercevant les projectiles en cuir passer d'une main à l'autre à la vitesse de l'éclair, sur l'air enjoué du baladin. Par la suite, l'escamoteur profita de l'instant de distraction pour abandonner les balles à leur sort, rebondissant sur les lames usées du gué, tandis qu'il dressa ses paluches vers les esgourdes du géant et lui envoya des soufflets de la paume jusqu'à ce que l'homme en perde la raison et s'affaisse sur la chaussée, ses grosses pognes étreignant sa face de goindre, et gémissant de douleur. À la vue de cette déconfiture, l'autre échalas dégagea sa dague enchâssée dans l'une de ses bottes et fila *derechef* vers Solomon, afin de le décoller d'un geste alerte… Par un subtil tour de passe-passe, Solomon dressa sa pogne vers les balles plantées à quelques pas de là sur le tablier du pont ; et comme par un étrange enchantement, les pelotes se déplacèrent d'elles-mêmes et se fixèrent sur le parcours du *vide-gousset* ; lorsque l'aigrefin remarqua les obstacles entravant sa course folle, il était déjà trop tard pour les éviter, il trébucha sur l'une d'elles et s'affala sur la chaussée, la face dans un bain de sang. L'homme ne bougeait plus, son front ayant cogné comme un butoir sur le vantail d'une porte massive. Quant aux autres aigrefins, ils dressèrent leurs lames et cimeterres vers le ciel, puis foncèrent sur le malheureux chemineau, n'ayant que la fuite ou la prière pour éviter une décollation dans les règles de l'art ; mais c'était sans compter les divines manœuvres occultes du ménétrier, que les vils égorgeurs allaient (en cet instant mémorable concernant cette étonnante conjoncture astrale), être éprouvés par un singulier affrontement avec cet apôtre du spectacle populaire…

Le regard mauvais, l'*oil* de tigre, la bande accourrait vers le baladin afin de mettre un terme à sa vie. Ils criaillaient comme des démons émergeant des entrailles de la terre, l'insultant et lui donnant des noms d'oiseaux, certains ricanant au sort cruel qui allait lui échoir pour avoir éclopé leurs deux malheureux compères. Lorsqu'ils arrivèrent à une quinzaine de pas de sa personne, Solomon plia le col et extirpa l'air qu'il avait emmagasiné, puis il redressa l'échine, ouvrit une gueule béante et inspira d'une énergie titanesque, provoquant un singulier maelstrom d'où foisonnait une multitude de feuilles et de branchages s'envolant et voltigeant, contrecoup à cet étrange typhon infernal… La crigne des valeureux guerriers s'ébouriffait devant ce maelstrom enfanté par ce singulier jongleur, dont aucun individu ne connaissait son fatum ; cet étrange vortex forcit à mesure que Solomon aspirait l'air environnant, engloutissant une somme gigantesque de feuilles et de débris végétaux dans sa lippe entrouverte comme celle d'un démon ; mais ce qui étonnait fut que l'âme de ces aigrefins s'arracha de leurs enveloppes d'escogriffes pour aller s'engouffrer *derechef* dans ses entrailles de fier histrion (alors qu'ils allaient occire ce vil trouvère), les corps s'affalant sur le pavé telles de vieilles touailles usagées par force d'applications à nettoyer les faubourgs malfamés des plus grands bourgs de la région, n'offrant à ses prunelles de bateleur qu'un abattis de cadavres revêtant les derniers mètres du gué, leurs âmes acculées à un terrible fatum…

Le jouvencin pérégrin reprit son couvre-chef étalé près du maigrelet gredin, contourna l'empilement de cadavres étalés sur la chaussée, et d'un sourire narquois s'essuya la lippe d'un revers de manche tout en poursuivant son trajet vers le mont de Mauldiction…

5

Lorsqu'il franchit l'orée de la forêt, le sentier n'était plus qu'une famélique laie serpentant sous le couvert d'arbres centenaires, qu'il empruntait d'un pas intrépide ; la pénombre fit la part belle au jour déclinant : les dernières lueurs du soir se laissaient dévorer par la suprématie des ombres s'étendant sur la sylve comme une meute de loups chassant un troupeau de moutons tremblotant d'un regard affolé. Des massifs de bruyère arboraient leurs habits de mauve, de rouge cramoisi et de blanc nacré, puis à mesure que ses gambilles pénétraient dans le sous-bois les arbustes mellifères laissèrent place à des hampes somptueuses de fougères, se déployant autour des fûts d'épinettes noirs dont des ramures retombantes semblaient *amignoter*[32] leurs frondes en forme de crosse chaloupant sur le souffle du vent, afin de ceindre leurs troncs écailleux au regard perçant du joyeux drille, tant ces nobles épicéas portaient leurs dignes échines en direction d'un ciel d'un bleu nuit s'assombrissant au fil du temps…

La laie sombrait d'emblée dans une pénombre sinistre ; le ramage doucereux des petits oiseaux laissait place aux hululements angoissants de leurs prédateurs,

---

[32] Caresser.

leurs serres agriffant les hautes ramures des épineux, d'où se manifestaient leurs regards brasillant sous les derniers fastes du feu céleste perçant faiblement les ramées supérieures – la nuit s'annonçait lugubre, emplissant les esprits esseulés d'images allégoriques glissant sur les fûts des arbres comme de vils serpents à l'affût d'une prochaine proie, à s'emplir la panse pour une dizaine de jours. Animé d'une détermination non feinte, Solomon arpentait la sente emplit d'une douce insouciance. Depuis des lustres, son âme occultait aux communs des mortels le dessein qu'il mit en branle dans son esprit sibyllin, dont seul le Divin connaissait les arcanes bien huilés de l'hermétisme, avant que sa conscience en enfantât les fruits juteux. Il fit une pause sous le couvert d'un vieil épicéa, et s'assit à son pied rugueux, d'où mousses et lichens drapaient l'écorce et les racines émergentes de leurs effets mordorés ; il redressa la nuque, et aperçut que le terrain aux alentours était dégagé de fougères et autres massifs boisés, seuls quelques broussailles et arbustes graciles y résidant. Une lune argentée grimpait au-dessus de la frondaison, son orbe dominait et miroitait sur l'espace constellé d'une section du ciel, circonscrit par l'ombrage des ramures avoisinantes. Il entendit le cri aigu d'une escouade de chauve-souris ; leurs sombres silhouettes émergèrent sournoisement des hautes cimes et chevauchèrent durant un bref instant le disque tranchant de la Lune, sous le claquement feutré de leurs battements d'ailes... Sous son flegme apparent, Solomon entreprit de se restaurer de quelques menus quignons de pain dur qu'il trempait dans un peu d'eau ; et cela suffisait à satisfaire sa panse des mets fastueux du *nobilis*, qu'il arrivait souvent à côtoyer durant ses œuvres de miséricordes, et autant à partager le modeste repas en compagnie de l'humble paysan du coin qu'il remerciait à sa juste valeur en jouant une mémorable sonate de sa flûte traversière.

Il n'arriva pas à la fin de cette maigre pitance, qu'il sombra dans un demi-sommeil… la part restante de sa conscience se dressant à l'affût de sournois bruissements causés par les animaux sauvages, où allez savoir quoi d'autre tant la sylve abritait des entités hors du commun.

Il s'éveilla de cette petite mort que le commun des mortels craignait de n'en jamais y refaire surface, sous le chant frénétique des oiseaux à la lueur de l'aube, tamisée par la frondaison de la futaie ; le périmètre, dégagé d'une verdure luxuriante, se nimbait d'un faisceau de lumière coulant son disque luminescent sur une terre rafraîchit par la rosée matinale. Mais ce qu'il vit l'éblouissait au-delà de ce nimbe lumineux maculant le sol de son anneau embrasé ; à l'arrière de ce voilage immatériel, s'élevait une minuscule chaumine adossée sous l'ombrage du plus spacieux des épicéas de la contréc. Solomon se massa la mâchoire d'une dextre intriguée – deux bigarreaux d'azur sourdant des paupières, surélevées par des sourcils arqués comme les voussures des arcades de l'église Nostre-Dame de Parisis. Il en resta bouche bée. Comment n'avait-il point repéré la chaumière, alors qu'elle se dressait face à lui, délivrant à sa vue sa façade branlante à seulement une vingtaine de pas ? C'était une évidence qu'il ne parvenait pas à comprendre. Il se leva de son séant et foula sous ses pieds l'herbage humide de rosée pliant sous chacun de ses pas, cheminant vers cette masure bâtie de branches de bois entrecroisées maladroitement et d'un toit de chaumes bien mal conçu pour résister au moindre déchaînement d'un vent fort…

Le parterre de l'entrée était propret et aucun bruit ne filtrait de l'intérieur du logis ; l'unique fenêtre était occultée par des panneaux de bois vermoulus cachant l'intimité du logis, ce qui ne laissait à sa personne que le choix de frapper à l'huis. Malgré tout, la boiserie tenait tant bien que mal d'un seul tenant, sans commettre l'irréparable méprise de l'endommager en ayant cogné sur le panneau, et le voir s'écrouler à l'image d'un château de cartes précipité par son édifice branlant. Il allait toquer lorsque l'huis émit un gémissement plaintif et le panneau s'ouvrit de lui-même vers l'intérieur, sans qu'il eût maille à partir avec le loqueteau, et cela de manière énergique… Le ménétrier passa son chef dans l'intimité de la maisonnée, puis il en franchit le seuil d'une seule volée de pas, le regard attisé par la curiosité.

« Hé, oh… ? *Oyez, Dame grant…* ! Y'a quelqu'un… ? » Que nenni, murmura-t-il, tout en violant la masure sans le consentement du propriétaire. La chaumine ne faisait qu'une vingtaine de pieds de long sur une douzaine de large, et détenait une seule pièce où une paillasse s'entassait sur l'un des côtés, tandis qu'à l'opposé la paroi était garnie d'une flopée de contenants destinés à la coquerie ; quelques pots sagement garnis d'herbes et d'épices trônaient sur une étagère de guingois, tandis qu'une marmite cabossée était disposée au centre de l'espace, sur un trépied métallique installé au-dessus d'un foyer éteint dont les cendres n'offraient plus leurs braises ardentes à la croupe du chaudron – Solomon plia ses jointures et plaça sa pogne au-dessus du foyer : la combustion des braises avait expiré depuis bien deux ou trois heures, offrant un léger rayonnement calorique échauffer sa main moite. L'enchevêtrement de poutres laissait entrevoir une portion du ciel, grâce à l'ouverture pratiquée dans la toiture, permettant de laisser les fumées atteindre les cieux. Une écuelle vide reposait simplement à proximité de l'âtre, à même la terre battue, et quelques défroques s'entassaient sur un coin de la demeure, encore revêtues de quelques graminées jaunies, sûrement en essartant malencontreusement de l'*espaule* les taillis du sous-bois, à la faveur d'une excursion sur des terres en friche ou lors d'une balade sur un terrain vêtu de grands plants de graminacées. Il fouilla du regard les gonailles accrochées à une patère crochue ; c'était un ensemble de cottes de chanvre élimées avec des accrocs au niveau des coudes et des ourlets de la robe – à la vue des vieilleries, on se doutait bien qu'elles appartenaient à une femme d'un grand âge. Une *vieillete* comme il en existait par dizaines dans la région, même si la durée de vie de l'ensemble des humains dépassait rarement la quarantaine, tant la dureté de l'existence et les nombreuses maladies effeuillaient les corps des âmes, à l'instar de la frondaison d'un chêne affectée par un hiver précoce et vigoureux. Il allait faire volte-face à la vue des affaires de la résidente, lorsque le vantail de l'huis couina et que la silhouette maigrelette d'une vieille femme pénétra dans la miséreuse demeure...

À l'apparition de l'inconnu, ses deux billes sortirent

de leurs orbites, alors que sa face parcheminée s'étirait sous des lippes fripées (s'ouvrant comme s'il commençait à suffoquer), à la vue imprévue de l'aigrefin ; sûrement un *grippe-billet* prêt à commettre la plus terrible des *forfaitures.* Souiller une femme était à la portée du plus grand nombre des paillards du coin, en ces contrées reculées des grandes voies commerciales. Et combien de jouvencelles et de mères se turent afin de terrer en leur for intérieur cette honte qui les habite, alors que, parées de leurs atours d'aguicheuses, elles avaient *assurément* fauté aux yeux de Dieu et des hommes.

Il dressa sa pogne vers la vieille femme, afin de la rassurer.

« Ne vous inquiétez pas, *grand'mère*, je n'ai point l'intention de vous *esforcer*[33]. Je ne fais qu'une halte dans la région. Dieu porte ma pérégrination vers le mont de Mauldiction... » fit-il d'un ton affirmé, afin d'alléger les craintes de la vieille.

Elle redressa l'échine tant bien que mal, gonfla sa poitrine étriquée d'une humeur sereine, l'observa d'un œil biaisant puis pénétra dans la chaumine tandis que Solomon s'écarta pour la laisser passer et déposer de ses mains tremblantes son fagot de bois au pied du foyer éteint.

— Laissez-moi vous aider, fit-il en voulant lui ôter le fagotin de ses doigts longilignes, aussi fins que les brindilles du fagot, dont elle se servait afin de ranimer le feu.

— Que nenni, répliqua-t-elle, tout en agitant sa paluche fripée afin de déjouer les pognes de Solomon.

---

[33] Violer.

Depuis tant de lustres que je vis ici, je n'ai jamais quémandé la moindre assistance à un homme… excepté durant l'existence de mon défunt mari ; et encore, il était tellement imprégné d'un immonde hypocras, qu'il tenait tout juste debout et parvenait tant bien que mal à faire trois pas sans tomber. Alors, la compagnie des hommes, je m'en suis détachée depuis belle lurette ! s'exclama-t-elle, tout en posant adroitement les brindilles dans l'orbe éteint du foyer.

— Je n'ai pas attendu que vous « quémandiez », rétorqua le ménétrier. Mon geste fait partie des principes de conduite que je m'applique à mettre en branle die après die, et que toute âme est en devoir d'exécuter et, quel que soit son âge, sa religion et sa culture…

Elle redressa son échine, tout posant une pogne tremblotante à ses reins douloureux, grinça des dents – où du moins de ce qui en restait – et le regarda d'un air fier, ses deux billes voilées par la cataracte.

— Quel est ton nom ?

— Solomon… Solomon le ménétrier. Ma connaissance de l'art musical me permet d'explorer ce vaste monde, que Notre Divin a créé en le modelant suivant son émerveillement envers la Création… Je voyage de bourg en bourg afin d'apporter un brin de gaieté et de distraction aux nantis et aux vilains, car, peu m'importe la classe sociale du badaud, si ce n'est la pureté de son âme.

La vieille se présenta :

— Et moi Mahassine, dit-elle, les yeux pétillants de vie qu'elle semblait engloutir chaque minute qui passe comme une aubaine que Dieu lui offrait jour après jour, alors que nombre d'anciens avaient passé de vie à trépas, puis elle gloussa aux dires du joyeux trouvère et toussota à force de s'esclaffer. « La pureté de son âme… ». Tu as bien l'esprit espiègle d'un garnement, pour découvrir en l'être humain un fragment de "pureté". Elle fila attraper une escabelle poser au coin de la pièce et y posa sa croupe maigrelette, l'épine dorsale retrouvant sa voussure ordinaire, le regard plongeant sur le relief du sol patiné par les nombreuses allées et venues de la maîtresse des lieux. Prends l'autre tabouret et assieds-toi face à moi, que je puisse découvrir l'âme qui vibre en toi… Et n'essaie pas de m'impressionner en dégoisant un patois sibyllin ; ce n'est pas parce que je suis la ramille d'un vilain que je suis idiote !…

Il lui conta une partie de sa vie, déballant de fourmillantes anecdotes sur son parcours de baladin ; et elles furent nombreuses, qu'elles soient cocasses ou douloureuses à garder dans le giron de son esprit… Puis il entreprit de lui exposer ses intentions de mettre un terme à l'omnipotence du Nécromancien dans un discours concis, dépouillé de son enjeu tactique, afin d'occulter à toute âme ce que son esprit recelait de crucial dans cette affaire. Elle redressa sa crigne blanche comme de la craie et clairsemée par l'âge, deux billes étincelant dans leurs écrins caverneux. Puis sa mine se renforça et devint dure comme de la pierre, le sourire se mua en un trait austère, se voûtant à l'instar de son rachis de *vieillete*.

— Quel vent te pousse à vouloir guerroyer en ce lieu maudit ? Ne connais-tu point le fatum de tous ces gaillards qui ont voulu affronter le mal qui y demeure ?

Aucune créature n'en est revenue vivante pour révéler à autrui l'apparence de ce démon ! Que ce soit de vaillants chevaliers, emplis de loyauté envers le code de la chevalerie, comme de valeureux cénobites avides à délivrer le mal qui gîte dans le cœur de ce reliquat d'humain, pensant que leur âme est pure comme une étoile de neige papillonnant au sein d'éther. À moins que tu ne veuilles mettre un terme à ton existence misérable de mortel, je ne vois que de néfastes augures émaner des entrailles de mère Gaïa si tu t'acharnes à mener une croisade perdue d'avance…

Il la regarda d'un air serein, ne donnant aucune réplique aux sermons de son hôtesse et passa à un autre sujet de conversation.

— Dame Mahassine, vous vivez isolée en ce lieu austère. N'avez-vous donc point peur pour votre vie et votre santé ?

— Ha, cela fait bien trois décennies que la forêt héberge ma vieille carcasse, et la seule âme ayant voulu me causer du tort, son cadavre amende désormais le potager que je travaille régulièrement à l'arrière de cette chaumine, fit-elle, son doigt squelettique dressé vers le fond de son foyer. Mais ne t'inquiète pas, mon mignon, *grand'mère* ne craint pas la mort, elle sait que lorsque son heure viendra elle la regardera le front haut et emplit d'une humeur badine… La futaie recèle de tant de vie, que cet état de viduité n'est connu que par des individus issus des gros bourgs, n'ayant jamais posé leurs petons dans la gadoue. Quant à ma santé, les plantes et les herbes préservent ce corps de la maladie, mais point de la mort, car ce mystère demeure dans l'antre de Dieu.

— Votre potager suffit-il à satisfaire votre panse ? Car les hivers semblent vigoureux en ce coin isolé des humains.

— À mon âge, le « peu » est la panacée au dionysiaque… Mais assez causer, pendant que je prépare le bouillon, va réactiver le foyer ! Il y a deux éclats de silex dans le coin, là, et fait bien attention de ne pas embraser ma paillasse ! même si ce corps fatigué et amaigri par les austérités se complaît du peu que mère nature lui offre.

Les flammes crépitaient au-dessous de la marmite, pendant que navets, courges et autres racinaires mijotaient à feu doux. Puis elle laissa choir dans le bouillon un peu de couenne de cochonnaille, qui coula au milieu des légumineuses. Il l'observa remuer le brouet d'une attention soutenue, sa paluche étriquée tournoyant autour du pot-au-feu ; malgré l'âge avancé, son regard pétillait de joie et d'énergie, et sa margoulette flétrie irradiait d'une aura de splendeur qui l'accompagnait depuis tant de lustres. Les derniers éclats de la jouvence se manifestaient encore sur ses pommettes hautes, offrant à sa binette une vigueur qu'il n'avait pas encore vue sur le visage des autres *vieilletes*, prêtes à rendre l'âme à Charon, le nocher du Styx – probablement était-ce dû à cette résilience qui la portait des matines aux compiles, ou le fait de résider sous l'ombrage de la futaie, bien à l'abri des gens du commun et des regards hautains et rébarbatifs des *nobilia*[34]. Elle s'aperçut qu'il la dévisageait, et redressa son échine afin de pointer ses deux billes sombres au sein desquelles résidaient des

---

[34]   Des nobles.

lueurs trépidantes et malicieuses.

« Au lieu de m'examiner comme une jument prête à être engrossée par l'étalon d'un gros propriétaire foncier, va me chercher le pot d'aromates posé sur le rebord du mur », fit-elle en pointant son doigt rabougri tremblotant vers une section du mur de l'entrée, au niveau de la fenêtre.

Les sons furtifs de la tombée de la nuit prirent leur part de périodicité sur les gazouillis des oiseaux diurnes ; les stridulations des criquets et grillons enveloppaient les esgourdes des deux protagonistes de cette rencontre fortuite. Ils avaient terminé le souper sans qu'aucune parole vînt agresser les bruits de bouche et des reniflements. La lueur fébrile d'un bougeoir trépignait dans l'espace étriqué de la masure, laissant la parcelle des ombres dévorer le clair-obscur dans une lutte perdue d'avance pour la clarté du lieu. Il faisait tout de même doux pour ce début hivernal, et les caducs se paraient toujours d'une luxuriante ramée ocre et jaune, comme si l'automne rechignait à céder sa place au royaume du froid.

L'âme en peine, elle redressa l'échine et sollicita une demande auquel il ne s'y attendait pas :

— Mes esgourdes étant maintenant ce qu'elles sont, me jouerais-tu malgré tout un petit air, de ta flûte que j'ai entraperçue émergeant de ta besace ?...

Il plongea sa pogne dans le balluchon, et en extirpa la petite flûte traversière, ternie par le temps. Il posa ses deux pognes sur le corps de l'instrument composé de deux parties, redressa ses avant-bras et plaqua ses lèvres sur l'embouchure du fifre, puis lança sa complainte musicale... Les notes s'envolaient dans l'éther, légères, aériennes, empreintes de sérénité tant la tessiture s'apparentait au chant de la grive musicienne, ou du loriot dont le tempo plus lent offrait des instants d'escapades en de vastes prairies fleuries… Le regard de la *vieillete* fixait les mouvements rapides des doigts effilés du trouvère, glissant et voltigeant sur le fût afin d'occulter les différents trous d'harmonie, dont les sons plus ou moins stridents montaient en gammes ou redescendaient en longues complaintes sonores, voletant dans la modeste bâtisse comme un essaim de papillons au-dessus d'un champ en fleuraison… Des rythmes endiablés prirent ensuite le pas, envoûtant l'âme de Mahassine en longues effervescences poétiques, tantôt orageuses tantôt guillerettes… Ses doigts rapides bouchaient les trous d'harmonie à la vitesse de l'éclair, semblant posséder leur vie propre, à l'instar d'un *daimôn* usant de son occulte pouvoir afin d'insuffler la vie à quelques bouts de bois morts.

La clepsydre du temps s'écoulait et glissait sur le tempo et le rythme des harmoniques, offrant des instants d'escapades et de voyages hors des sentes de la réalité, en ce lieu où les muses organisent des festivités symphoniques dans un allegro impétueux, emportant l'esprit des jeunes mortels vers des mondes enchantés… afin de les soustraire de leur vie de mortel. Solomon brilla par les cadences prestes et la hauteur des mélodies émergeant de son fifre, consacrant tout un panel de sa dextérité à l'ouïe attentive de son hôtesse. Ensuite, il termina ce concerto pour soliste par une partition plus austère, mêlant des tonalités ténébreuses aux accords plus légers, voire guillerets, que les arpèges se mariaient en de fastueuses antithèses musicales sans qu'ils ne se percutent en de désagréables sonorités dissonantes.

Il venait de clôturer brillamment son concerto, que son esprit se brouilla soudainement, le regard divaguant sur le faciès de son hôtesse, l'observant d'un sourire taquin. Les images se déformaient sous l'emprise d'un engourdissement foudroyant, apercevant la mine parcheminée de Mahassine ondoyer et se plisser sur le fil du Temps et des effets d'un puissant philtre soporifique qu'elle avait sûrement versé dans son écuelle... Puis elle entama des litanies en l'honneur des esprits de la forêt et des lamentations cabalistiques à l'attention de son convive, alors qu'il plongeait dans une torpeur mystique, tout en entrevoyant l'expression austère de son visage en gros plan, déconcerté par cette étrange pratique occulte. Les chants de la sibylle rendaient des oracles aux élémentaux des quatre éléments alchimiques, l'esprit de Solomon sombrant dans les bras de Morphée, le maître des songes l'entraînant en de vastes contrées oniriques où les nymphes le paraient d'un caparaçon de haute énergie, afin de le couvrir des forces démoniaques peuplant le mont de Mauldiction...

Un froid glacial l'arracha de la somnolence ; il ouvrit un œil puis le second, le corps transi par la chute brutale des températures. Une mince couverture neigeuse enveloppait le sol et recouvrait les branches des sylves, cachant le tapis de feuilles mortes d'un blanc gréseux. Il aperçut les empreintes d'un animal – sûrement les sabots ciselés d'un cervidé. Il redressa son chef et son regard se figea, lorsqu'il s'aperçut que le cabanon s'était évaporé du pied de l'épinette remarquable, dont seuls gisaient quelques arbustes rabougris soumis à l'ombrage imposant du gigantesque conifère. Bouche bée, il se frictionna le torse et les bras afin de s'échauffer tout en progressant vers l'ombre du plus grand arbre de la contrée... Et rien ne présageait qu'il fut témoin d'une rêvasserie, à moins... À moins d'avoir absorbé un champignon toxique, ce qui n'était pas le cas. Aux alentours du pied de l'arbre vénérable le terrain était vierge de toute structure, permettant d'affirmer qu'en ce lieu qu'aucune bâtisse branlante avait été construite et habitée par une *vieillete,* aussi folle que téméraire pour oser poser ses pénates en ce sous-bois sauvage. Il prit le balluchon, se contentant d'affirmer tant bien que mal qu'il avait fait un mauvais rêve, ou juste tombé dans une douce indolence où les chimères de Morphée portent l'esprit sur la barque du fleuve de l'onirisme... Elle était bien folle, cette Mahassine, mais combien doucereuse à charmer un pérégrin dans l'intimité de sa demeure ! si, et seulement si la *vieillete* avait réellement existé.

6

Le sous-bois se paraît d'une luminosité de tonalité
écrue, et lorsqu'il traversait une trouée au-dessus du *velum*
de la cime des arbres, la neige floconnait doucettement,
voletant dans cette brèche de verdure comme un essaim de
papillons aux ailes d'un blanc nacré retombant sur le sol
après avoir festoyé à satiété sur des champs de fleurs
mellifères. De temps à autre, il entrevoyait au-dessus de la
frondaison le sommet escarpé du mont de Mauldiction
paraître entre deux déchirures végétales ; la paroi de
l'éminence rocheuse était enveloppée d'une maigre pelisse
blanchâtre, et où des coups de vent impétueux et
sporadiques soulevaient par endroits le drapé neigeux et
l'emportaient vers le ciel, les écharpes tumultueuses se
dispersant puis retombant en abondance au pied du massif
ancestral… Par instants, le plateau se camouflait
partiellement derrière des nuées effilées comme des
dagues, poussées par le blizzard au-dessus du site le plus
ténébreux que la Terre dut supporter, depuis que le mal prit
ses résidences en ce lieu austère. Le ménestrel parcourait le
sentier d'une allure assidue, car la laie était arpentée par les
gambilles de preux spadassins et aventuriers convoitant la
bourse de grands négociants et autres spéculateurs véreux

désirant parcourir sans la moindre anicroche cette portion de terre située entre les deux plus importants districts de la région ; et il en fallait de la trempe pour oser s'y aventurer, sans qu'il faille qu'une escouade de condottieres aille dresser le braquemart afin de protéger le nanti d'une vie pérenne. Mais pour cela il était vital de débourser une coquette somme, que peu de maquignons disposaient tant elle était démesurée, alors que des *vide-goussets* parcouraient la région, leurs jambes perchées sur de larges ramures et patientant durant des jours afin de détrousser le plus fou des négociants ayant voulu arpenter la sylve sans l'appui d'un mercenaire. L'astre solaire grimpait vers le zénith, ses rais effleurant les troncs des arbres, les faisceaux de lumière illuminant le sol et la verdure d'une clarté tremblotante et féerique.

À la mi-journée, il fit une pause au surplomb d'une combe qu'il entrevoyait de sa position ; des massifs d'arbres centenaires et de broussailles épineuses habillaient l'escarpement rocheux, où s'y lovaient maints lézards et autres sauriens échauffant leur corps reptilien de la froidure hivernale, reposant simplement leur silhouette serpentiforme sur une proéminence pierreuse affleurant du sol terreux. Solomon releva la crigne, observant l'azur étendre son drapé sur cette portion d'éther, enclavée entre les monts boisés et le flanc sud du massif de Mauldiction. Poussées par un vent léger, les nuées se carapataient vers le septentrion, décachetant le bleu azuré du ciel, où un couple de faucon crécerelle tournoyait dans les airs, à la recherche d'une proie ou du cadavre d'un animal, afin d'assouvir leur pitance quotidienne. Il s'en alla s'asseoir sur le rebord de l'escarpement, les gambilles épousant la déclivité du terrain argileux, où des arbrisseaux luttaient au fil de leur croissance contre la gravité et l'aridité du sol organique. Et tout en mâchouillant un morceau de carne, il observait le spectacle de la vie poursuivre son chemin, dans l'ignorance du gueux comme du *nobilis* éloignés de cette candeur d'âme qui porte le regard du ménétrier sur la beauté sauvage du monde… Après cette collation que Solomon assumait, il reprit son balluchon et entreprit de fouler le layon serpentant entre les replis de terrain, dévalant la déclivité et terminant son périple dans une combe sournoise, tant la densité de la frondaison occultait du soleil les terres fertiles de ce vallon…

Après quelques frayeurs en dévalant le raidillon, il plongea dans les entrailles de la sylve, le cœur tambourinant en franchissant l'orée de la forêt. Un silence pesant étreignait les lieux ; d'imposants érables dressaient leurs troncs vigoureux vers les cieux, ainsi que le port massif de marronniers et autres caduques comme de grands chênes, où quelques feuilles ocrées et au teint soufré tenaient tête à l'arrivée brutale de l'hiver. Au fil de son cheminement, il entrapercevait quelques écureuils traverser les feuillus, sautant de branche en branche, puis d'arbre en arbre, semblant l'accompagner durant ce périple qu'il avait programmé depuis des lustres. Puis au bout d'environ une lieue, les derniers petits rongeurs se détournèrent de son cheminement, leur silhouette rouquine se fondant dans la pénombre de la sylve, à part quelques bruissements des arbrisseaux et le craquettement des branchages pliant leurs membres de bois sous les contraintes des rafales du vent, en pénétrant la futaie de hauts caducs. La laie était pourtant bien marquée, et malgré la couche de feuilles tapissant le sol, le sentier s'étirait entre les massifs des arbres sans qu'il faille scruter le terrain ; Solomon estimait que ce layon était assidûment pratiqué, tant il observait que la bande de terre était remuée par les pas des hommes et de quelques petits cervidés.

Au fil de son cheminement, des bruissements inquiétants parcouraient le sous-bois et semblaient lui emboîter le pas. Malgré tout il arpentait le sentier sans en être inquiété, car son esprit plongeait dans une vertueuse quiétude, qu'aucun élément extérieur ne pouvait perturber tant sa conscience se reportait sur l'instant présent ; l'orbe du soleil déclinait déjà (son disque effleurant la cime des arbres), à demi occulté par le manteau dense de la forêt et des monts boisés avoisinant les lieux, à l'instar de dragons voûtant leur échine titanesque au-dessus de la futaie. Son périple l'amena à la lisière d'un escarpement rocheux d'une élévation de deux ou trois toises, où des arbustes s'enracinaient dans les fissures calciques du promontoire, l'écheveau racinaire éclatant par endroits le tuffeau de cette éminence de terrain, d'où il entrevoyait des massifs de fougères et des arbrisseaux agrémenter à foison l'arête de l'à-pic ; cette barrière minérale et végétale semblait clore la piste, formant à sa base une maigre parcelle de terrain déboisé et circulaire. Le parcours paraissait pour le moins suspendu, jusqu'à ce qu'il parvienne à escalader la paroi au moyen de ses pognes et de ses petons, en grimpeur émérite qu'il était lorsque le relief du terrain lui demandait des efforts à fournir. Le baladin se rapprocha du promontoire, dressant son chef vers la crête, puis arpenta les quelques pieds s'étirant à sa base. Et que cela soit à sa senestre (où le secteur aboutissait sur un ensemble de sombres épineux), comme à sa destre (où un amas pierreux entrecoupait la piste, à présent obturée, car aucun élément ne permettait de progresser et de poursuivre sa route, sans qu'il faille mettre un terme à son expédition), il devait finalement faire volte-face puis rebrousser chemin. Et pourtant il menait une campagne – celle-ci le sommant d'entreprendre cette rude odyssée –, poussé par un sortilège qu'il ne parvenait pas à saisir. Le musicien était aimanté par une force qui le dépassait et qu'aucun élément extérieur ne pouvait rompre, à part un fatal accident ou une malheureuse rencontre. Alors il plia ses jointures et s'adossa contre la paroi, prenant en compte qu'il devait projeter son esprit dans les limbes de son subconscient, afin qu'une voie lui ouvre le passage, et poursuivre ce long périple dont seuls les dieux en connaissent la raison. Solomon finit par s'assoupir, l'esprit immergé dans les entrailles de Morphée.

Il fut plongé dans une étrange vacuité, où rien ni personne n'existait, percevant son esprit s'élever et flotter dans un vide illimité… Puis un éclat lumineux scintilla dans son champ de vision, tout d'abord insignifiant puis grossissant alors qu'il filait vers cet astre à vitesse exponentielle. L'étoile se manifesta à son regard de dormeur, et se divisa en deux sections égales. Il se retrouva pénétré de cette gémellité astrale, déchiré par des antagonismes qu'il ressentait en son for intérieur, tandis qu'elles se mirent à orbiter autour de son corps astral, de plus en plus vite, jusqu'à ce qu'il fût arraché de son rêve brutalement et soumis à un réveil forcé par des intentions malveillantes…

Il ouvrit les yeux sur un soubresaut assez brusque ; sa face de ménestrel se retrouvait écrasée contre un maillage de drisses assez inconfortable, son corps flottant et vibrant comme un barbeau prit dans le filet d'un pêcheur. Il tourniquait à une dizaine de pieds du sol, apercevant durant cette terrible giration des crânes de *vide-goussets* le dévisager tout en ricanant, puis il redressa son chef, découvrant que le piège était suspendu à une drisse, elle-même arrimée à une branche fléchissant sous son propre poids – le caduc reposant son pied à quelques pas de l'escarpement, assez éloigné de sa position pour qu'il n'en vît point la base du vénérable fût.

— Regarde, Ammatas, on vient de faire une belle prise, tonna la voix grave d'un homme que Solomon avait entrevu durant sa folle giration.

L'autre margoulin approcha sa binette boursoufflée de la mine défaite de Solomon et empoigna le piège à filet afin d'en freiner la giration, puis écartant ses grosses lippes, dont le bateleur finit par entrevoir sa mâchoire jaunie et déchaussée, entre le maillage serré de la nasse. La tension du hallier lui entaillait la joue, son corps y étant recroquevillé comme un lapereau prit dans un traquenard sournois, étriqué à se fracturer l'échine.

— Pas bien dodu, le gibier… Y a rien à en faire d'un bon cuissot. Tarasios, il va falloir lui trancher le jarret et le goulot à ce chevalier de la rosette[35], à moins qu'il soit issu d'une famille de gros notables, et que l'on puisse en

---

[35] Appellation d'un homosexuel.

soutirer quelques écus sonnants et trébuchants de sa parentèle… ! fit-il d'une galéjade jouissive, tout en gloussant d'une voix tonitruante. Le robuste noir s'approcha de sa prise ; il avait une mine bouffie, le teint foncé des côtes de l'austral et portait une tignasse crêpée d'un noir de corbeau. Il jetait un regard de fouine et ses yeux globuleux sortaient de leurs orbites, néanmoins il semblait à l'aise dans cette région froide, inhospitalière à son mode de vie.

— Chez nous, on leur coupe les bourses et on les attache à un arbre jusqu'à ce qu'un fossa[36] en fasse son festin… déclara-t-il, tout en se tordant d'un rire caverneux, laissant découvrir une dentition d'une blancheur laiteuse. Puis de ses yeux globuleux il accosta le prisonnier, son gros nez épaté et cuivré frôlait le maillage de la nasse. Comment t'appelles-tu ? Et que fais-tu dans cette contrée ?

— Je m'appelle Solomon, je suis un musicien pérégrin, voyageant de ville en ville afin d'amener un peu de ravissement dans les regards de la menuaille comme des *nobilia*[37]…

— L'unique localité du coin est située à une dizaine de lieues d'ici, alors je ne vois pas pourquoi tu parcoures ce secteur déserté des hommes, sans compter que peu de personnes traversent à leurs périls ces forêts lugubres, à moins d'être chemineau, foldingue, commissionnaire en négoces ou bandit de grand chemin.

Solomon resta impassible à ses dires, malgré les conditions factuelles de l'instant. Il commençait à

---

[36] Prédateur de Madagascar.
[37] Les bourgeois.

suffoquer, comprimé dans ce filet effiloché et usé par le temps, mais assez solide pour supporter le poids d'un homme vigoureux.

— Ouais. J'ai grand faim. On va le rôtir à petit feu, puis on jettera sa carcasse à la meute de loups, que l'on a croisée tantôt… s'exclama son compère, tandis que l'autre margoulin ne cessait de l'observer comme un animal de foire.

— *Que nenni*, Tarasios, chez les Vazimba[38] nous avons des griots mais point de jongleurs, affirma Ammatas. Je te propose un marché, le « griot »… Si tu arrives à me faire passer ce mal de tête terrible durant au moins une journée, alors tu auras la vie sauve, et tu pourras poursuivre ton chemin !

— En aucun cas ! Ammatas. Ce n'est pas ce que nous avions convenu ! Il était dit qu'on faisait comme les autres : on le dépouillait et on lui passait la lame sous le col, puis on jetait sa dépouille dans les buissons !…

Son acolyte fit volte-face et lui jeta un regard sombre, ses petits yeux de fouine brillant dans leurs orbites.

— La situation a changé, le « Boiteux », tu le délivres de ce piège, et il nous montre ce qu'il a dans le ventre ! gronda le noir. Sans quoi je brise ma part de marché, et chacun recouvre son indépendance !…

Tarasios descendit le filin en claudiquant et dégagea Solomon des mailles du filet, alors qu'il sourdait de son regard une puissante animosité, en lui jetant de vils regards de serpent.

---

[38] Premiers hommes de Madagascar.

Le tableau de la sylve s'assombrissait déjà, l'aurore teintait les cimes des arbres de couleurs chaudes, avant que l'obscurité étende son aile de corvidé sur la région ; d'ailleurs le froid commençait à se durcir, déposant sa main glacée sur chaque parcelle de la forêt.

Le Malgache vint poser sa grosse pogne sur l'*espaule* maigrelette de Solomon ; sous la puissance de sa poigne, les jointures du pérégrin fléchirent.

— Tu dois avoir le *gargueton* aussi vide qu'une cruche percée, dit-il tout en approchant sa mine rebondie à la face du ménétrier.

Solomon se débarrassa des dernières mailles et posa sa paluche sur sa bedaine, dont il ressentit les criaillements des entrailles fulminer dans son hypogastre, entre-temps Tarasios camoufla le filet sous un épais tas de feuilles mortes et s'empressa de renfoncer la corde contre la paroi abrupte du promontoire, s'assurant de la plaquer entre des fissures crayeuses en y ajoutant de la glaise, afin que personne ne puisse s'apercevoir de l'infâme subterfuge ; il prit un peu de marne argileuse dans sa grosse main et cracha dessus, et de cette bouillasse de terre il en badigeonna sur une bonne longueur de corde. Sur ce fait, Ammatas dégagea une section de broussailles obturant la laie savamment cachée. Les trois hommes en franchirent le seuil, puis le Malgache repositionna l'amas de ronces, fit demi-tour et suivit les deux autres hommes, grimpant le sentier escarpé faisant des méandres le long du raidillon rocheux… Solomon suivait l'étique profil de l'aigrefin, grimpant la butte tout en boitillant, le souffle en peine… Lorsqu'ils aboutirent au sommet du plateau, Solomon constata que la sylve s'étendait à perte de vue en direction des premiers contreforts de Mauldiction, le massif émergeant au-dessus des cimes comme un géant étirant son échine vers un ciel grisâtre, puis tout en pivotant du chef, il aperçut Tarasios tendre le filin jusqu'au niveau du fût épais de l'arbre. Ensuite il s'étendit à même le sol moussu afin de recouvrir de terre collante le restant de cordage visible, s'étirant sur le dernier tiers de l'éminence de la saillie.

« Voilà une bonne chose de faite », fit-il en le regardant d'un air vil, armé d'un sourire sardonique à la face du pérégrin.

— Vous en attrapez souvent, des pauvres diables n'ayant qu'un maigre pécule pour subsister durant les rudes hivers, tout juste armés d'un bâton de pèlerin pour tenir le rythme ?...

Le *vide-gousset* retors aborda Solomon ; son humeur prit une tout autre tournure aux dires du bateleur :

— L'*homo viator*[39], je le laisse prier son dieu avant de lui couper ses bourses ! croassa le malandrin. Et si après ça, un miracle n'arrive pas *derechef* à lui faire repousser sa queue, c'est que son créateur le prédestine à la géhenne ! tout en pouffant d'un rire aigrelet...

— Suffit ! Tarasios, tonna Ammatas. Prépare le feu, pendant que je dépiaute le lapereau que nous avons attrapé dans le collet.

Les restes du lapin trônaient sur un lit de gravillons, tant les ogres avaient fait ripaille ; le feu couvait ses dernières heures de gloire, le crépitement des flammes criaillant son effroi aux premières lueurs des étoiles,

---

[39] Le pèlerin.

disséminées sur une section de l'éther, car le ciel maintenait son manteau nuageux sur la région. Tarasios releva le front, observant le moutonnement à la faveur d'une clarté de lune, dont le dernier quartier lunaire symbolise la faux du dieu Thanatos.

« Va encore neigeoter… » signala-t-il, sur un air anodin.

— Ça ne peut que profiter à tes affaires lugubres, claironna Solomon.

— C'est notre destin, que de jouir des malheurs d'autrui ; sans cela que sommes-nous, à part relever les manches de notre gonaille et aller faucher les foins jusqu'à en crever d'abattement, tellement les journées sont longues et exténuantes… ajouta-t-il d'un ton froid.

— Mais n'avez-vous pas envisagé de vous mettre à votre compte ? au lieu d'attendre que le destin des autres tombe dans vos pattes, dans un coin reculé de la Terre, où juste le manant et le colporteur osent contrecarrer leur destinée en affrontant les rigueurs de l'hiver et la lame effilée du brigand.

Ammatas pouffa d'un rire explosif, aux dires de Solomon ; le son se répercuta dans la sylve comme une traînée de poudre, affolant les oiseaux qui y nichaient et les levrauts se faufilant sous les broussailles aussi vite qu'un essaim de frelons.

— Par l'esprit de *Mombo-Wa-Ndlopfou*[40] ! Nous vois-tu dresser un étal de fruits et légumes et proposer aux chalands nos dernières primeurs ? Notre Zanahary[41] nous a

---

[40]   Dieu-serpent incarnant l'âme des ancêtres.
[41]   Divinité malgache.

fait homme, afin de L'honorer. Nous savons que nous faisons le mal, alors, nous, les Vazimba, dans nos prochaines vies nous serons à mener une vie de saurien, rampant et sifflant à l'approche de l'homme, et il nous pourchassera jusqu'à faire de notre peau le cuir de son tam-tam...

Il prit sa grosse tête entre ses deux paluches et plia l'échine, le regard perdu et l'âme en peine. Solomon, assit en tailleur à quelques empans de lui, tendit sa main et la posa sur l'ample épaule du Noir.

— C'est notre sort, de faire le malandrin, Ammatas, alors arrête de te lamenter comme une femmelette ! lui intima Tarasios. Pourquoi te plains-tu ? On vit au jour le jour, ne nous encombrant point d'une femelle, sauf lorsque notre serpent se dresse et nous dit qu'il faille aller voir une catin, ou coucher dans la paille avec la femme du boucher. Combien d'hommes nous jalousent dans le coin de leur esprit, alors qu'ils se lèvent dès matines, l'échine éreintée par les travaux des champs, et se couchent bien après le chant du coq, sans aucun espoir de voir leur situation financière évoluer ?...

Il redressa le col, la mine tirée et le teint cireux, le regard embrumé par l'affliction, ce qui pour un homme de cette trempe produisit à Solomon un grand choc émotionnel.

— Bon toi, le vaurien qui prend le sou au vilain comme au nanti, tu devais nous présenter un numéro de cirque !... décocha Tarasios. Il est temps de nous prouver ta valeur, si tu ne veux pas avoir le col sectionné par ma miséricorde[42] !...

Solomon se releva et fouilla dans son balluchon. Il en sortit la traversière, alors que son esprit fourmillait d'un plan secret échafaudé dans son mental de troubadour, dès le début où il fut sous la coupe de ces deux coupe-jarrets. « Et pendant qu'il me chante une berceuse, Ammatas, c'est ton tour de *baster*[43] afin de scruter si une escouade de *gens d'armes* ne lui prend l'envie de tenailler notre position puis de nous entailler le col alors que nous dormons d'un sommeil de plomb... » Ammatas se redressa et planta ses grosses gambilles à l'arête du surplomb rocheux, écarquillant ses globes oculaires afin de mater les entrailles sombres de la forêt, pendant que le fluet coupe-jarret s'étendit sur un lit de feuilles mortes qu'il avait amassées au pied du vénérable chêne, tout en observant Solomon s'apprêter à entamer une aubade... Mais, tout en échauffant le fût de son instrument en sifflant quelques notes aiguës, le ménétrier s'aperçut que son cerbère mâchouillait une boulette aux effluves citronnés.

— J'espère que tes sonates seront plus enchanteresses aux esgourdes que cc que j'entends actuellement ! lança d'un regard sinistre Tarasios, en chiquant la bouillie de mélisse que Solomon reconnut à l'odeur de bergamote.

Lorsque Solomon estima que le fût de son instrument était suffisamment échauffé, il lança les premiers accords, variant les tons et demi-tons dans un tempo assez endiablé, alors que, tout en jetant un *oil* à

---

⁴² Dague de combat.
⁴³ Faire le guet.

l'opacité de la sylve, Ammatas inclinait son chef de destre à senestre, l'esprit envoûté par le charme des harmoniques. Et sous son regard de fin goupil, Tarasios mâchouillait le brouet de mélisse comme un banal bovidé, sous l'aura d'un quartier de lune drapé d'une gaze argentée de nuées. Au fil du temps, Solomon passa à un tempo plus langoureux, moins allègre, utilisant des notes alanguissant les esprits les plus réfractaires aux cadences modérées, car en son for intérieur il avait planifié un final à la hauteur de son esprit roublard. Mais l'heure n'était pas à cette ultime outro[44] renversant la situation ; les partitions s'enchaînaient sur de hautes tessitures, et occasionnellement plus graves et lentes, ce qui, pour un flûtiste, exprimait toute la puissance de la musicologie qu'il enseigna par la grâce d'un illustre Maître de musique.

Ammatas avait posé son séant sur le rebord du promontoire, les pieds ballants contre la paroi de l'escarpement et le chef ployant et reposant sur son large poitrail ; l'homme avait succombé aux bras de Morphée. Dès lors, le ménestrel passa à un nouveau palier de son occulte dessein, ralentissant le rythme de ses aubades, abaissant dans les tessitures afin de moduler dans les graves et décroître dans les tonalités… Mais le goupil tenaillait bon, puisqu'il avait englouti les feuilles de mélisses afin de contrer les effets de la fatigue et ne pas sombrer dans un profond sommeil. Cela n'empêcha pas Solomon de se mouvoir autour du sombre coquin, utilisant toute une gamme d'harmoniques en pliant son col afin de mener le larron jusqu'aux bras de Morphée… dansant une

---

[44]   Final d'une chanson.

folle ronde autour du corps du *vide-gousset*, les lèvres épousant l'embouchure du fût sur le chant mélodieux d'une *aria* [45], alors qu'une nuit aussi sombre que les ténèbres avait étendu son aile obscure sur la région. Le malandrin finit par s'assoupir, le chef reposant désormais sur son étique torse, dont le souffle de ses narines vrombissait comme le ronronnement d'un gros chat, quand sa maîtresse passait la main sur son pelage soyeux. Et tout en continuant son air mélodieux, Solomon glissa ses pénates jusqu'à la silhouette massive d'Ammatas, dont son échine corpulente ployait vers sa bedaine, l'esprit emporté dans le royaume étrange de Morphée... Il continua de jouer les dernières strophes à son esgourde, puis replaça son fifre dans sa gonaille et allongea le rustaud brigand sur le sol, avant que son corps bascule dans le vide. Ensuite le trouvère récupéra ses affaires et arpenta derechef la laie sinuant entre les fûts sombres des arbres, sous les rais de la Lune morcelés par la frondaison clairsemée d'augustes caducs. Il reprit de sa gonaille la flûte, posa ses longues phalanges sur les trous d'harmonie et enclencha une aria des plus guillerettes, sous le regard calfeutré des créatures de la majestueuse sylve...

---

[45] Mélodie expressive, souvent pour l'opéra.

7

Il avait parcouru une bonne section de la forêt, apercevant entre les fûts des arbres le majestueux et impressionnant promontoire rocheux de Mauldiction, drapé dans son manteau neigeux, se dresser au-dessus de l'étendue de la sombre futaie – à l'image du temple cyclopéen des Antiques, de la barrière rocheuse de la Tarente –, alors que les flocons retombaient drus, les branches des arbres ployant sous la charge d'une lourde couverture neigeuse. Il faisait des pauses fréquentes, lorsque la fatigue le tenaillait ou dès que la faim tiraillait ses *entraignes* ; mais il s'abstenait de faire des haltes trop longues, les escales n'excédant trois bonnes heures, car une force intérieure le poussait à accomplir cette *geste* avant qu'une conjonction astrale amenuise ses forces et le rende à ses fonctions originelles de simple trouvère, écartant à tout jamais le charme qui avait pénétré son être il y a de cela plusieurs décennies. Alors ses gambilles arpentaient sans relâche la laie, l'esprit plongé vers ce mont volcanique où il allait accomplir sa destinée, afin de se confronter à l'image d'une force qui dépassait l'entendement humain, poussant l'humanité vers sa déchéance...

Le Nécromant patientait sur les hauteurs de

Mauldiction, armé de ses abominables incantations cabalistiques, le soufre émanant de son être comme la gueule d'un basilic excrétant les flammes des enfers. On disait de lui, qu'il maniait les litanies sataniques à la perfection, redonnait vie aux trépassés afin de mener à bien sa conquête du Monde. Mais, personne sur cette Terre ne peut attester avoir vu son port hirsute et sa face démoniaque, à part les fous et les aventuriers dont leur corps repose pour toujours sur le plateau rocheux, si jamais quelqu'un arrive à témoigner de cet état de fait.

Après trois jours à cheminer sur un sentier particulièrement tortueux et boueux, Solomon finit par atteindre l'aboutissant de la forêt ; il observa la langue du piémont s'étirant jusqu'à la base du sombre plateau, recouvert d'une couche neigeuse immaculée, ornée des empreintes de pattes de lièvres, de celles des perdrix et des majestueux tétras-lyres. Le panorama était somptueux, imposant, écrasant par la masse du flanc montagneux se dressant au-dessus de la plaine, offrant une vision titanesque du plateau de Mauldiction, créé par des forces tectoniques dépassant l'entendement humain. La roche noire contrastait avec les teintes bleutées de la couche neigeuse tapissant l'assise rocheuse ; l'éminence volcanique culminait à près de 500 lieues du bassin aquifère, dont il entendait le glougloutement d'un ruisseau serpentant entre le tapis de neige étincelant sous l'éclat d'un soleil hivernal. Et, il fallait l'admettre que le site éprouvait les âmes lorsque l'on découvrait les flancs du plateau pour la première fois, dressant majestueusement leurs versants abrupts, comme entaillés par la hache d'un

Titan. Il fit une volte et rechercha quelques branchages souples. Il découvrit un arbrisseau qu'il entailla soigneusement, après avoir bien pris le temps de choisir des branchettes particulièrement flexibles, afin de confectionner des raquettes à neige. Et après avoir taillé les tiges, il forma deux raquettes à l'aide de racines savamment cueillies au pied même de l'arbrisseau qu'il chaussa, les pognes transies par une froidure tenace, bien qu'il disposât de mitaines en peau retournée. Il redressa son échine, s'enfonça dans son *mantel* puis fit quelques pas à l'orée de l'étendue neigeuse afin d'évaluer l'accroche de ses raquettes, et se remit en route sur le plateau, tout en admirant le vol d'un faucon crécerelle évoluer en longues et lentes révolutions hélicoïdales sur un ciel redevenu dorénavant grisâtre, car un moutonnement nuageux venait de clore le disque incandescent du soleil. L'oiseau émit son criaillement, le son se répercutant sur les flancs de la montagne austère. Puis les flocons se remirent à se déverser lentement sur le site maudit. Quelques instants plus tard un blizzard particulièrement virulent s'invita soudainement sur le plateau, formant des tourbillons de neige occultant de temps à autre le panorama grandiose de Mauldiction ; de ce fait, il progressait à pas comptés sur une épaisseur dense de neige, sa vision embrumée par des coups de vent pugnaces, soulevant des couches de neige allant fouetter son faciès dont les traits étirés par le froid affichaient un masque tragicomique issu des plus grandes écoles théâtrales évoluant sur les nombreuses routes menant aux régions australes. Le vent mugissait dans ses esgourdes, calfeutrées par le capuchon qu'il avait troqué contre un jeu de balles, joué devant l'assistance composée d'une grande famille de roturiers. Ce jour-là, le maître de maison fut généreux avec le bateleur, lui offrant le gîte et le couvert durant quelques jours. À présent, il apercevait les flancs abrupts de la Brèche de la Chèvre – un col singulièrement étroit et escarpé, dont peu de personnes peuvent s'enorgueillir de l'avoir emprunté tant le port est abrupt, recouvert d'une moraine[46] issue d'un ancien glacier, sans oublié que le dénivelé est accentué par l'effondrement d'une partie du versant, séquelle à de nombreux tremblements de terre affectant la région. Le blizzard, glacial, balayait dorénavant le plateau, ne lui laissant que de minces répits pour progresser, fouettant en rafales son échine ployant comme un roseau sous la contrainte d'un vent impétueux, les feulements de ce blizzard maudit pénétrant les esgourdes du pérégrin. D'une pogne transie de froid, il retenait son feutre avant qu'il se carapate à l'aventure sur le souffle du vent, tout en pliant des jointures dans une couche neigeuse collante et épaisse ; de puissantes rafales de neige giflaient sa face hirsute, les prunelles perdues dans un panorama ouaté où le paysage ne possédait plus de relief, mais livrait une blancheur nébuleuse à son regard livide. Dans ce conflit des éléments, il entraperçut une sombre aiguille rocheuse salvatrice pointée au-dessus de ce panorama enneigé, telle une balise dressant sa masse acérée au-dessus d'une mer houleuse, les embruns s'arrachant de l'agitation des déferlantes... Le piton rocheux dominait le plateau à environ une dizaine de toises de sa position ; il plia une nouvelle fois la nuque,

---

[46]   Amas rocheux transporté par un glacier.

sous la contrainte des éléments en furie, puis se lança à la conquête de ce fanal minéral sous la forme d'un imposant éperon rocheux… À l'instar d'une coquille de noix à l'assaut des rives d'un fanal afin de se couvrir des assauts d'une mer déchaînée, Solomon usa de toutes ses forces pour progresser en longues enjambées sur une nappe neigeuse à présent instable, des tourbillons venteux freinant son approche, comme si les éléments ou les dieux ne voulaient pas qu'il aille s'abriter auprès de cette aiguille émergeant du sol comme une dague sombre et inquiétante. Après moult péripéties – où il faillit se faire engloutir dans une trouée neigeuse, cédant ses raquettes à cette fondrière imprévisible –, il s'effondra dans une cavité de la roche située au pied du géant basaltique, puis sombra dans un profond sommeil.

Le huissement aigu d'un faucon vint l'extraire de sa torpeur ; Solomon s'ébroua du chef, la crigne recouverte d'un linceul neigeux. Tout son corps grelottait, engourdi par une froidure tenace. Il tenta de se relever, hélas ses jointures refusaient de se conformer à ses injonctions tant il s'était pelotonné comme un enfançon, dans cette anfractuosité minérale. Il parvint à se dresser de son séant, sous la paroi abrupte de l'immense monolithe noir entaillant de sa masse acérée un ciel de nouveau bleuté. Solomon aperçut la voilure du prédateur déployant ses fastueuses rémiges ; le rapace effectuait des circonvolutions dans l'espace limpide du ciel, planant par la grâce des convections thermiques, puis il fondit vers un secteur que Solomon ne pouvait distinguer de son point de vue – sûrement en quête du cadavre d'un campagnol ou d'un rongeur similaire, car l'oiseau est aussi un nécrophage. Il revit le fougueux rapace battre des ailes, sa prise dans son bec crochu et filer vers son aire afin de profiter de cette franche lippée. Le baladin fit quelques pas au pied du géant minéral, foulant une épaisseur de neige moindre au niveau de ce rocher oblongue, tout en l'observant d'une mine dubitative. L'éperon trônait à environ une demi-lieue de la base du col de la Brèche de la Chèvre, dont il entrevoyait dans un éclat cristallin les éboulis rocheux étaler leur drapé minéral sur le tiers de la dénivellation. Il fouilla dans son balluchon, à la recherche de quelques rognures à se mettre sous la dent. Il y trouva un lambeau de viande séchée qu'il mâchouilla en s'adossant sous l'ample rocher. Il y resta la mi-journée, le temps que les agissements du vent daignent se calmer. Puis, le crépuscule aidant, il se remit en route, foulant une couche de neige froide et suffisamment dure afin de filer vers le col qu'il offrait à sa vue la primeur de son fastueux panorama géologique ; au-dessus de la moraine, un névé[47] étincelait d'un jaune d'or et de rouge cramoisi sous l'aura du disque solaire. Tout en arpentant le drapé neigeux, il fit route vers l'amas d'épinettes accroché au pied du col de la Brèche de la Chèvre, tout en jetant un œil vers le bouclier du soleil allant se couler derrière les crêtes acérées de la montagne de Mauldiction…

Quelques instants plus tard, les nuées se fondirent dans l'éther, offrant la primeur au froid d'intensifier son hégémonie ; le ciel se parait des premières étoiles scintillantes, au-dessus du plateau des Geantels. À la clarté

---

[47]   Accumulation de neige sur un versant de montagne.

d'une lune diaphane s'élevant à l'orient, l'éperon rocheux qui le protégea des intempéries s'ébranla sous une force inconnue – le sol semblait gronder sous l'assaut d'un démon caché dans les entrailles du plateau, prêt à montrer ses crocs dès la nuit tombante. À l'instant, l'amas de neige festonnant la base du rocher s'engloutit dans les flancs du plateau, alors que le piton rocheux oscilla puis, sous la manifestation d'une contrainte mystérieuse, s'enlisa en grondant dans les entrailles de la terre… Ensuite la cavité se combla d'elle-même d'une marne humide et froide – à présent esseulée du piton rocheux –, ne laissant pour témoignage de sa primitive présence qu'un orbe de terre vert-grisâtre clore l'embouchure de ces enfers.

8

La forêt d'épinettes formait une masse dense et sombre, ne laissant filtrer à travers les frondaisons qu'un infime pinceau de lumière de l'aura lunaire, pratiquement à mi-parcours de sa course céleste. Le vent s'était tu, en tout cas en ce lieu où uniquement les bruits des animaux crépusculaires manifestaient leur présence, en émettant des hululements inquiétants et lugubres. Il fallait toutes les attentions du monde pour progresser sur la laie, à peine perceptible sur un sol moussu et convulsionné par les racines humides des arbres. Emmailloter dans son *mantel*, il cheminait vers l'objectif qu'il s'était fixé... et peu importaient les contraintes et les obstacles obstruant la Voie Maudite, car il menait une croisade, celle que son cœur lui demandait d'accomplir, quelle que soit la rançon de cette campagne... Mais comment cerner ce personnage facétieux, proposant aux manants comme aux nobliaux ses tours de passe-passe et ses harmoniques de ménestrel, tout en visant un fait d'armes perdu d'avance ? N'est-ce pas là la singularité d'un esprit dérangé, perturbé par un besoin d'affection et de reconnaissance, à vouloir suivre deux voies antinomiques alors qu'il fut le rejeton d'une illustre famille de ménétriers ?... Et qu'il suive cette guerre sainte afin de mettre un terme au destin de ce démon, et qu'aucune âme n'ait pu narrer le combat qu'elle a mené et esquisser au moins l'allure et l'apparence de ce personnage démoniaque... En fait, tous ces paladins ayant accompli leur prouesse ne sont jamais réapparus à la lumière du jour afin d'éclairer les lanternes des pauvres gens sur ce mystère qui plane sur le mont de Mauldiction. Le mal résidait en ces lieux, et le monde ressentait de fortes afflictions flétrirent leur destin, croulant sous un pandémonium de malédictions et de maladies que la Terre ait enduré depuis des décennies... De ce fait, on aurait pu avancer que Solomon avait ses raisons que la raison ne peut expliquer, tant l'homme est un hermétique solitaire, n'ayant point de toit hormis celui que le destin lui offre, et n'ayant pris femme pour ne point s'encombrer d'un ménage.

Il mit deux bons jours pour traverser la sylve, faisant halte de temps à autre afin de se reposer auprès d'un arbre vénérable ou d'un ruisselet afin de se désaltérer de son eau fraîche, et de satisfaire sa panse, en cueilleur émérite, de baies de genévriers et de sorbiers amers. Il aborda la lisière de la forêt au petit matin, sous un manteau de brumes recouvrant la contrée ; le joueur de flûte redressa le col, apercevant entre l'écheveau de brumaille la Voie Maudite serpentant entre les éboulis de la moraine, puis se confondant avec la coulée du névé étincelante sous les rayons solaires. Enfin, son regard se perdit vers les hauteurs, dont les vapeurs de brume occultaient le col de la Brèche de la Chèvre. L'humidité imprégnait ses gonailles, la froidure rampant dans ses entrailles comme un serpent sournois. Il renfonça le chaperon sur sa tête, souleva son balluchon accroché à un bâton et entreprit sa terrible expédition… Au début, l'ascension fut commode, gravissant le versant d'une fluidité surprenante, mais les choses se compliquèrent lorsque les premiers amas de pierre entravaient son avance ; des roches et des gravillons entravant la sente, alors que nombre d'excursionnistes durent être éprouvés par ces écueils, nés d'un ancien glacier à présent dissout à cause des effets du réchauffement climatique et des nombreux tremblements de terre affectant la région. Il se coulait entre des rochers pouvant dépasser son chef, leur assise semblant précaire tant la déclivité devenait de plus en plus inclinée au fil de sa progression. Sans compter que d'abondants éboulis encombraient la voie, toujours à l'affût qu'il ne se foule la cheville en glissant sur ces tas de pierres instables. Il releva la tête, apercevant la pente étinceler sous la lueur intense du soleil, les battements de son cœur commençant à pilonner sa poitrine, tellement le chemin devenait escarpé. Il fit une halte aux abords d'un gros rocher, portant sa pogne sur la masse pierreuse, tandis que de l'autre il dégagea sa gourde et s'y abreuva d'une franche lampée. Puis il reprit son ascension, alors qu'il entendait le caquètement d'une colonie de vautours fauves faire écho sur les flancs de l'éminence. Et tout en redressant l'échine, il entrevoyait le vol impressionnant des vautours chalouper sur les courants aériens, la nuée de charognards ayant probablement décelé les restes d'un cadavre se décomposer à flanc de montagne. Après avoir tournoyé, ils fondirent derrière une déclivité du terrain, cachée par un amoncellement de pierres et située en amont de sa position. Solomon poursuivit sa progression sur la piste tortueuse, contournant d'impressionnants rochers en positions instables sur le dévers de ce versant, investi de caillasses à foison, glissant et déboulant le long de la voie dès qu'il faisait le moindre pas. Il mit une bonne heure pour parcourir les quelque deux cents mètres le séparant d'une assise rocheuse ; cette dernière permettant de suivre une piste sinueuse et plus confortable : des lacets, creusés par les pas des mulets de commis voyageurs et d'illustres négociants, sinuaient jusqu'au col. Le sentier s'étirait jusqu'à l'autre versant de la montagne, en direction de ces florissantes localités où la manne financière était fructueuse, les muletiers établissant des transactions désinvoltes, alors que le chaland, pensant qu'il avait dupé le camelot aux regards défaits, se retrouvait avec une flopée d'ustensiles à ne savoir qu'en faire. On peut souligner que la rapacité de certaines personnes exclut la moindre empathie pour son client, tant l'avidité de nébuleux goupils se renouvelle à coup sûr au fil du temps, dès que la soif du malin lorgne et tape à la porte de son esprit mercantile, et de son escarcelle…

Il arriva enfin sur le surplomb rocheux, dont quelques arbrisseaux défiaient le temps et la gravité en s'arrimant à même la roche abrupte, leurs racines pendouillant et serpentant dans chaque crevasse du rocher, détenant une endurance à toutes épreuves sur ce terrain instable où les conditions climatiques n'étaient pas loin de leur paroxysme, en croissant de façon biscornue, coincés entre l'à-pic et le flanc raide de la montagne. Ensuite,

Solomon jeta un œil au chaos pierreux encombrant le sentier, et profita de l'étique terrasse afin de se reposer, l'échine fourbue adossée à la paroi basaltique, le regard balayant la vallée dont il entrevoyait les fumerolles de quelques masures s'élever de leur foyer et se dissoudre dans les cieux grisonnants. Et tout en mâchonnant quelques morceaux de viande séchée, il admirait le majestueux panorama des crêtes de Mauldiction s'étirer du septentrion jusqu'en austral, en arc de cercle cintré, le fil de la chaîne volcanique délimitant le ciel et la terre des hommes, sauf lorsque des nuées enveloppaient de voiles diaphanes quelques monts immergés dans leurs nappes éthériques, d'où leurs ressacs ondulants se heurtaient à d'impressionnants à-pics puis s'y écartaient en chaloupant sur les ailes du vent, afin d'engloutir leur révolution cinétique lorsque les courants venteux s'apaisaient. Le ménestrel fit une halte pour la nuit en ce lieu étriqué, malgré la froidure et l'humidité suintant de la pierre, s'égouttant des parois et imprégnant chaque parcelle du versant. Il était enveloppé chaudement de son *mantel*, l'esprit empreint d'une quiétude que nulle adversité ne pouvait troubler. Il observa l'ombre du mont engloutir peu à peu la vallée, incarnant la soif insatiable de pouvoir du Nécromancien. Après une période de latence – qu'il cultivait afin de recouvrer un corps rompu à une discipline de fer de ménestrel –, il reprit sa houlette et son balluchon, enfonça son chaperon fourré sur son chef crépu et repartit à l'aventure, empruntant un chemin étroit, d'où il voyait à chacun de ses pas les empreintes des sabots des mulets, en chapelet d'éclats sombres entaillant le sentier rocailleux.

La piste serpentait sur le flanc de la montagne en épingles à cheveux, le vide offrant à sa destre un magnifique panorama enveloppé sous les volutes de la brume, s'étendant en lit douillet sur les terres abandonnées par une majorité d'éleveurs d'ovins depuis plusieurs décennies, à part quelques huttes hantées par d'illustres cénobites, n'ayant peur de rien ni de personne, leurs oraisons s'élevant en litanies spectrales jusqu'aux pieds du Divin, afin que le mal puisse battre en retraite jusqu'en sa demeure ténébreuse… À chaque tournant en épingle, il voyait la nappe du névé se dilater sur le cadre de son champ visuel, poussant des blocs de pierre essaimés par le lit de glace et des nombreux tremblements de terre affectant la région, coulant sur le versant comme une large pogne affamée de rocailles et de quelques graminées garnissant l'escarpement montagneux. À sa senestre, il apercevait le sentier longer la litière de neige ; hélas, au fil du temps, la voie se faisait dévorer par cette couche de glace faisant mainmise sur ce versant de l'antique massif volcanique. Après quelques déboires à enjamber un éboulement rocheux ayant accaparé la voie, il perçut le son vibrant d'un faucon crécerelle se répercuter sur les crêtes du mont volcanique ; autant de chants étonnants et mélodieux peuplant l'atmosphère glaciale des lieux. Ce maître du ciel jouait avec les convections thermiques, remontant ou redescendant de plusieurs pieds suivant les flux thermodynamiques du moment. L'oiseau profita d'une situation avantageuse, pour se rapprocher de la silhouette du ménétrier, ses plus longues rémiges frôlant la mine ravie de Solomon ; le regard pénétrant, l'animal l'observa durant un bref instant, puis empreint d'un huissement strident le rapace s'écarta de la paroi et fila vers d'autres sommets enneigés, son envergure effilée se confondant avec les diverses tonalités grisâtres et blanchâtres des flancs montagneux, puis son image sombra dans les ombres saillantes des autres sommets enneigés. La nuit prenait son siège sur le site maudit, son aile sombre dévorant chaque parcelle de l'échine montagneuse, au fur et à mesure que Solomon gravissait l'étroit sentier menant à la passe de la Chèvre... Il finit une partie de son ascension sur un mince escarpement, suspendu au-dessus de la vallée encaissée par la grâce des dieux, la pointe rocheuse trônant comme une proue de navire au-dessus du plateau des Geantels, que Solomon apercevait en fléchissant tant soit peu la nuque vers ce site qu'il eut à franchir malaisément. Mais cela faisait dorénavant partie du passé, et il devait progresser, car une conjonction astrale ne tarderait pas à ternir sa *geste*, tant le jeté de dés d'un fatum sordide poussait les forces du mal à annexer la région, qu'un bataillon de fantassins n'aurait pu tenir à distance, qu'au prix de nombreuses pertes humaines, refluant ce monstre vers les hauts sommets du mont de Mauldiction... préludant une destinée sombre pour l'humanité.

Le firmament étalait sa tapisserie céleste sur la voûte des cieux. Et tel un nourrisson reposant entre les flancs douillets d'un couffin, il se recoquilla sur lui-même, coincé entre le vide et la paroi abrupte du volcan, son mental plongeant dans une forme d'atonie salutaire, mais qu'un esprit critique n'aurait pu défaire, invalidé par cette apparence trompeuse. Les extrémités du corps se soumirent à une élévation de la température, et les vaisseaux sanguins se dilatèrent sous ce rituel tantrique, tel un anachorète affrontant des températures négatives en un tel lieu, où seul le sage ou le fou pouvait affronter des éléments extrêmes ; sa lippe fredonnait des incantations à un démiurge inconnu des autochtones, le visage taillé dans le marbre et la crigne recouverte d'un voile blanchâtre opalescent. Les rafales de vent susurraient à ses esgourdes des sentences pernicieuses à son esprit, tandis qu'il restait plongé dans une contemplation mystique, son enveloppe charnelle exposée aux rigueurs du temps. Et le resta jusqu'au petit matin, où l'éclat sanguinolent du soleil réchauffa son corps malingre, endurci par une discipline indéfectible...

Le son vibrant du faucon vint le rappeler à la perception du réel, assoupit mais non point amorphe, au fait du jour nouveau ; le rapace planait sur les convections thermiques, les ailes déployées, les rémiges ourlées des tons chauds de l'aurore et les plumes frétillantes sous les assauts des tourbillons venteux. L'oiseau flotta sur les courants aériens jusqu'à la face bleuie du ménestrel, son œil puissant semblant forer, durant un bref instant, son esprit brumeux. Ensuite, ce fils du vent bifurqua vers le vaste éther surplombant la vallée, tout en lançant son huissement strident, et plongea vers la combe baignée des premières lueurs du jour tout en longeant les flancs abrupts du volcan... Solomon resta saisi par le fait que l'oiseau semblait l'accompagner durant son périple, remarquant maintes fois sa silhouette effilée, imprévisible et furtive, depuis qu'il quitta la *vieillete*. À moins que ce ne fût que le fruit du hasard, et que ce seigneur des airs n'est que l'égal du précédent, attiré, lui aussi, par la vie intrigante des humains. Néanmoins Solomon douta que cette particularité fût appropriée à la situation, pressentant qu'il avait affaire à son égal, sans cesse poursuivant son ombre pour d'occultes intentions… Sur ce fait il plia bagage, les jointures grippées par le froid, puis recueillit son bâton et le balluchon et reprit son chemin, gravissant parfois des raidillons, tout en se posant la question comment un mulet pouvait hisser sa croupe sur ce maudit sentier. Et tout en arpentant la piste en épingles, il jetait de temps à autre un œil sur le col de la Brèche de la Chèvre, drapé dans son voile cotonneux, ce passage tant redouté par les hommes, où peu de vaillants paladins ont conquis le seuil sans craindre de perdre leur vie, n'ayant que le foulard et les effluves de santal de leur dame comme subtile armure psychique.

Après moult efforts, il progressait désormais sur la bordure du névé, le lit de glace et de neige s'étirant de part et d'autre du couloir glaciaire. Cependant, le chemin parvenait à être praticable, bien que la couche de la glace grignotât par endroits le sentier, rendant l'ascension particulièrement périlleuse, la nappe du glacier progressant au fil des ans jusqu'à ce que ce port devienne quasi impraticable pour le simple quidam, alors que le Nécromant pouvait emprunter l'unique passe sans aucune contrainte, muni d'un esprit démoniaque et d'un corps surpuissant, lui permettant de faire surgir des entrailles de la terre une légion de démons et de morts-vivants, afin de briser le sceau du concordat qu'il avait marqué au fer rouge avec l'approbation des grands de ce monde, il y a de cela plusieurs décennies. Ce temps était donc révolu, où la trêve entre les deux belligérants – le monde des hommes et celui du maître des Ténèbres–, apportait la sérénité sur Terre. Dès lors, l'édit était rompu par le terrible Nécromant, parce qu'un roitelet de pacotille avait bravé le dieu des ombres pour quelques milliers de deniers. De ce fait, le mal resurgit des abysses, guettant la moindre distraction des hommes pour absorber chaque pouce de terrain dans l'orbe de son omnipotence démoniaque. Préfigurant une terre acquise à sa gloire, incluse dans un empire aussi vaste que son avidité incommensurable de conquête, qui lui dévore les entrailles.

Les coups de boutoir de la brise le plaquaient contre la falaise, les éléments semblant se déchaîner à son encontre. Solomon continuait à gravir péniblement le terrain, les pognes accrochées péniblement contre les saillies de la paroi, le froid agriffant de ses serres les moindres parties visibles de son corps. Durant son périple, il aperçut maintes fois des carcasses de mulets encombrer la passe, tant la dureté de la voie éprouvait le destin des hommes et des bêtes de somme. Après quelques mètres, le pérégrin parvint sur la face opposée du goulet, dont la multitude de crêtes acérées et de monts volcaniques s'affichait dans un panorama grandiose, les nuées grisâtres s'effilochant face à la puissance du vent. La chaîne montagneuse ressemblait à une enceinte infranchissable, alors qu'au piémont de ces illustres cimes demeurait une foison de cités luxuriantes, où les autochtones vivaient dans un cocon bienfaiteur, étant donné que ces combes et vallons disposaient d'une terre fertile, où de nombreux cours d'eau serpentaient entre les terres arables de puissants exploitants fonciers et maraîchers, au demeurant de fastueux épicuriens que rien ne semblait ébranler, à part les coups de bâton de leur femme après avoir fait bonne ripaille à l'estaminet du coin. Il fallait manifester un certain aplomb pour accéder à ces défilés encaissés et ses pics et monts tourmentés, puis oser marchander avec les gens de la contrée, tant leur rapacité était sans commune mesure en antagonisme face aux gains envisagés par ledit camelot, hormis si sa rhétorique était aussi bien aiguisée que ses outils de coupe, destinés au *viandier*,[48] ou au roturier désirant garantir sa vie des sombres méfaits des malfrats lorsqu'il empruntait des voies étriquées dès que le crépuscule tombait sur son chef. Pendant qu'il posa un pied sur le plateau de la Chèvre, l'averse de neige tomba dru, son regard fut saturé de tourbillons venteux fouettant les flocons comme de vulgaires *mouchetons*[49]. Des tentures blanchâtres tapissaient les parois basaltiques. Il s'accrochait à chaque meurtrissure des roches magmatiques, le drapé de neige s'amassant en nappe compacte sur les reliefs, tant le vent cinglait sur la roche. La lippe figée et les membres bleuis par le froid, il parvenait malgré tout à progresser à tâtons dans ce crachin lactescent, le souffle du vent hululant à ses esgourdes comme le hurlement dissonant du loup Alpha, à l'adresse de la meute. Puis il posa le second peton sur l'arête saillante qu'il ressentait malgré l'épaisseur de neige, s'agrippant à la falaise de ses doigts gelés puis la longeant

---

[48]   Le boucher.

[49]   Mouches.

d'un pas précautionneux, les pieds ripant sur le glacis de verglas et les phalanges transies s'accrochant sur le relief tourmenté de la crête, comme des serres d'aigle s'agriffant sur les rebords abrupts de son aire de ponte. Le chemin avait disparu sous l'épaisse couche neigeuse, mais le défilé était suffisamment ciselé dans les parois de la montagne pour affirmer qu'il était sur la bonne voie, les flancs de basalte noir s'incurvant en un sombre goulet, d'où l'on ne pouvait se croiser sans s'asticoter la croupe si l'on voulait en franchir le seuil.

La terrasse émergea enfin à sa vue, après un coude audacieux qui lui demanda une tension extrême, tout en jetant un *oil* au-dessus de l'épaule, lorsque ses talons épousaient le rebord glissant de la passe, l'à-pic s'étirant sur plusieurs centaines de pas sous son corps frigorifié par le froid intense. Puis il fit une volte vers le plateau de la Chèvre, le terrain s'étendant à ses yeux sur plusieurs arpents, vêtu de conifères maigrelets s'amassant en essaim afin de résister aux souffles puissants des vents forts pulsant en ces hautes altitudes. Le secteur, assez plat dans son ensemble, offrait à sa vue des roches saillantes jaillir du sol sur plusieurs mètres de hauteur ; des chevelures de graminées, des ronces et des herbes folles s'arrimaient à l'assise de ces récifs, l'air fouettant leurs tiges ductiles au pied de ces impressionnants monolithes. Sur la surface de ce plateau, la couche de glace y était particulièrement étrécie – des langues de strates magmatiques s'y figeaient. Il discerna plusieurs dolines dessiner un échiquier étrange sur le vaste plateau de Mauldiction, d'où quelques *nants*[50]

---

[50] Ruisseaux.

sinuaient et s'y écoulaient dans un clapotis indolent, en créant de vastes tourbillons d'eau, avant que les ruissellements plongent dans les entrailles de ces immenses cuvettes. Il s'approcha de l'une d'elles, son échine de baladin arquée vers cette bassine d'une envergure de trois à quatre mètres ; l'eau s'y écoulait vers le col de l'entonnoir dans un gargouillis serein, puis le filet s'engloutissait finalement dans cet avaloir gargantuesque, dont il ne parvenait pas à y discerner le fond du puits tant le col y était profond et la béance sombre comme les enfers. Un cri aigu perturba sa distraction ; il pivota le col, observant dans son champ de vision le vol sublime d'un faucon chalouper au gré du vent... Le rapace évolua ensuite en vol stationnaire au-dessus du cirque. Ses ailes s'agitaient d'une célérité prodigieuse, tels deux éventails agités hâtivement à cause d'un climat devenu bien trop cuisant. L'animal, gracile et d'une envergure peu commune pour cette espèce, semblait jouer avec les éléments. C'est alors qu'il fit un faux pas – sous l'effet d'un flux plus puissant que les autres, son pied ripa du rebord lustré du gouffre d'eau puis tout le corps suivit, sombrant dans la gueule de la doline... emporté par la puissance de l'onde infernale vers les entrailles de la terre, sans qu'aucun élément extérieur puisse l'aider à mettre un terme à cette terrifiante odyssée... Il essaya de s'agripper à la moindre surface rugueuse, les pognes et le torse frottant contre la pente, dont le jet puissant de l'eau froide s'interposait entre ses doigts et le relief de la déclivité. Hélas rien ne pouvait entraver sa longue chute vers les enfers. Il se voyait déjà noyé, son crâne fracassé contre les rebords de la doline. Il sembla que son périple durait une éternité, pour au final échouer dans les bras de la mort. Seul le bruit sourd de l'eau l'accompagnait durant son périple, comme une litanie obituaire destinée à recevoir puis à émettre à qui peut l'entendre le sort du futur défunt. Puis un coude salvateur lui permit de ralentir sa descente rapide dans le boyau. Malheureusement, à la sortie du méandre, il se cogna le front contre la paroi et sombra dans les bras de Morphée.

9

Le réveil fut douloureux ; son crâne était enchaîné dans un étau de douleur, et des étoiles perlaient dans son champ de vision lorsqu'il ouvrit un œil puis le second. Il ne voyait rien, ou si peu qu'il se demandait s'il avait rejoint le monde des morts, en cette contrée située entre la vie et les Hadès – bref, la plaine des Asphodèles, en ce lieu où on attendait notre sort futur. Une lueur bleutée baignait l'atmosphère. Des lames de lumière flottaient et glissaient sur les parois humides de la cavité, dont le plafond s'étendait en voûte sépulcrale au-dessus de sa tête, juste trois à quatre empans de son front. Était-ce la vérité, ou simplement des images flottant dans le champ de sa conscience, alors que la souffrance commençait à s'estomper. Mais lorsqu'il voulut plier l'échine, la pointe d'une lame fusa de nouveau dans le creux de ses reins, une douleur atroce qui laminait son dos de bas en haut, en lames glacées, ou brûlantes, suivant que son corps montait en température ou lorsqu'il transpirait par tous ses pores d'une suée aussi glaciale qu'une eau de source émergeant des hauts plateaux de Mauldiction. Le glougloutement d'un ruisselet accapara ses esgourdes ; il tenta de redresser sa crigne, alors que sa face frottait contre le plafond de la cavité. Il entrevit entre ses gambilles étendues, une sorte de nappe d'eau déployer son lit à l'arrière de la trouée magmatique, où des ergots revêtus de calcaire tapissaient la paroi rugueuse, des gouttes d'eau tombant sur le sol dans un cliquetis de métronome. L'ouverture basaltique ressemblait à une sorte de lucarne de la taille d'un homme corpulent ; il pourrait donc s'y glisser aisément et la traverser en rampant sur le dos, si ce n'était ce coup de poing de douleur qui fusait et le contraignait à demeurer sur place. Solomon sentait la coulée d'eau jaillir de la paroi située à son échine, s'écoulant vers ce réservoir naturel dont une lueur bleutée flottait au-dessus des replis des vaguelettes, dans un spectacle onirique destiné aux ombres des morts et des monstres hideux peuplant les profondeurs de ce bassin. Il retentit l'expérience, redressant son échine puis poussant sur ses avant-bras afin de se glisser dans cette entaille donnant sur la pièce d'eau. Une pointe plus intense que la précédente le fit criailler et se plier de douleur ; sous le calvaire, son esprit sombra dans une torpeur salutaire.

Il revint aux lueurs de la conscience – des étoiles évoluaient comme des lucioles et parcheminaient son mental d'éclats lumineux, l'espace oscillant sur les replis du Temps –, et lorsqu'il ouvrit ses deux billes un voile lactescent occulta son champ de vision, puis l'image redevint net, redéposant dans son esprit le tableau organique qu'il avait vu précédemment. Le baladin se mouvait prudemment afin de jauger de son état de santé. La pointe de douleur s'était amenuisée. Elle n'étirait plus sa langue de feu tout du long de son épine dorsale, lorsque à maintes reprises il tenta l'expérience de remuer son rachis de destre à senestre comme un saurien, et enfin à plier les jointures des jambes de quelques empans afin d'évaluer s'il pouvait riper de l'autre côté de cette anfractuosité exiguë, tout en s'aidant de ses avant-bras et de ses talons pour se mouvoir. C'est ce qu'il entreprit, prenant soin de se déplacer lentement en direction de l'ouverture de roches éruptives formée en arceau, qu'il traversa assez aisément, alors qu'il craignait de rester bloquer dans cette tanière obscure une nouvelle fois. Une odeur sulfureuse remontait dans ses narines et redescendait dans sa gorge, âpre, un goût d'œuf pourri lui prenant jusqu'aux *entraignes*. Cela ne l'empêcha pas de s'aventurer jusqu'à l'autre bord de la voussure, s'aidant de ses guibolles pour continuer sa lente progression vers ce plan d'eau souterrain. Passé l'arcade, la surface du sol déclinait mollement vers la berge de ce bassin, dont les parois de ce réservoir semblaient contenir la totalité des eaux de la région, tant la bassine semblait immense, et le plafond de cette cavité plongeait dans le noir, n'étalant pas à son regard de ménestrel son monumental dais d'obsidienne. Il parvint à redresser son échine ; la douleur, toujours présente, restait endurable, de ce fait il fit une tentative pour se dresser sur ses gambilles. L'aplomb de son corps oscillait de manière inégale, les jambes prêtes à céder aux forces de la gravité. Malgré tout il parvint à conserver l'équilibre, avançant comme un canard boiteux vers la nappe d'eau souterraine, dont une lueur bleutée et lactescente la recouvrait comme un suaire sépulcral. Parvenu au bord la berge (dont des vaguelettes venaient y mourir dans un clapotement lugubre), il tournoya lentement son col, détaillant les moindres particularités de la cavité, baignée par cette lueur caverneuse. L'endroit était aussi vaste que le plus grand sanctuaire des ascètes de l'Arrière-Faix (des moines prêtant allégeance à une secte puissante et autoritaire), hormis un pilier trônant aux deux tiers du réservoir ; la colonne semblait faire corps avec le reste des éléments que mère nature avait créés par un caprice subit, dont seuls les dieux ont connaissance de ces faits tectoniques déroulés en des temps obscurs. Il observait assidûment ce fût basaltique, dont la base s'ancrait dans les eaux turpides, le chapiteau plongeant dans la nébulosité de la voûte, dont il n'en perçait point la configuration singulière. Il entendait le cliquetis des gouttes d'eau (tombant de l'occulte claveau perdu dans l'encre de la nuit), goutter sur le plan d'eau dans un timbre de tympanon. La surface du réservoir, battue par une myriade de gouttes d'eau, formait un spectacle magique, un ravissement pour les esgourdes par la vaste gamme de sons tintinnabulants s'élever de ce monde refermé sur lui-même. N'y avait-il pas une larme des chants d'Orphée, pour manifester en ce lieu maudit les fastes de la Création ? Il plia le col vers la surface du plan d'eau et tenta d'apercevoir le fond du bassin. Il sembla apercevoir des tas d'ossements et des corps humains, semble-t-il debout, reposant sur le fond au rythme ondoyant des volutes nébuleuses bleutées recouvrant en suaire diaphane le bassin. Les ossements baignaient dans un enchevêtrement de filaments verdâtres. Il redressa son échine, la glotte nouée par cette vision funèbre, une suée froide redressant tous les poils de sa peau. Solomon longea la berge, dont une clarté bleutée l'éclairait d'une mièvre intensité, cependant assez puissante pour apprécier la dimension étonnante de la pièce d'eau, où des vapeurs sulfureuses se déversaient des parois lisses et brillantes, créant des volutes légères flottant au-dessus de la surface du bassin comme un linceul spectral, afin de l'engloutir de ses replis fuligineux. La paroi opposée en roche basaltique plongeait directement dans ce réservoir acide, d'où un filet d'eau se déversait continuellement dans ce réceptacle étrange et lugubre ; il emprunta un simple lacis rocailleux dont il devait, à chaque pas, prendre le soin de placer son peton avec vigilance, s'il ne voulait pas voir ses gambilles sortir de leur équilibre précaire à chaque pas, puis se retrouver dans les eaux macabres, son corps bouillonnant dans ce bassin, jusqu'à ce que sa carcasse aille rejoindre les autres résidents de cette horrible demeure sépulcrale… Il ne vit aucune brèche percer des parois, à part celle d'où il s'extrayait tantôt d'une mince trouée, d'où un filet d'eau y émergeait et allait rejoindre cet étrange réservoir. Son esprit commença à s'affoler, à l'idée de se trouver coincer en ce lieu, et devoir refaire marche arrière ne l'enchantait guère, car la voie qu'il emprunta naguère était bien trop étroite pour, à nouveau, oser s'y aventurer et refluer vers le sommet de la doline en rampant comme un crapaud, sans qu'il ne fasse une mauvaise chute et se brise l'échine pour de bon. Il se rapprocha du pilier d'azurite, dressé au trois quarts de la longueur du bassin et planté quasiment à mi-parcours des deux bordures. Sa surface réfléchissante brillait et reflétait (par la grâce de mille éclats incrustés à son fût) les émanations et les divers éléments organiques peuplant la cavité. Le joueur de flûte aperçut les reflets de son visage éclatés en milliers de segments, s'étaler sur cette étrange colonne d'un éclat d'obsidienne. Ce large pylône se situait à cinq ou six mètres de sa position, et cela ne l'empêchait pas de discerner son visage se mirer en moult sections sur le fût, les faciès empruntant des traits comiques, tragiques voire austères. L'œil plissé, étiré comme celui d'un félin ou comme les inquiétantes pupilles d'une orfraie, dont le cri effroyable vous fige sur place comme une cariatide, ou la lippe prendre des formes tragi-comiques à se plier en deux, tant cela revêtait des configurations comiques. Il se sentit soudainement hypnotisé, fasciné, attiré malgré lui par toutes ces images difformes réfléchissant son visage. Le regard pétrifié, à l'instar d'un malheureux captif devant les prunelles assoupissantes de l'affreuse Méduse. Son esprit s'engloutissait dans les vapeurs baignant dans la crypte, divaguant en des mondes chimériques, comme s'il avait gobeloté des pintes de bière au comptoir d'un vil mastroquet. Son chef chaloupait sur des filoches de vapeur bleutée flottant sur une houle mollassonne, le regard plongé vers la colonne d'obsidienne, dont son image éclatée en mille segments alanguissait sa raison et sa conscience, les plongeant vers les mondes de Morphée. Il s'ébroua la tête comme un chien tombé dans une mare ou surpris par une averse fortuite, et entreprit de se rafraîchir les idées en attrapant sa gourde placée dans son balluchon, en piteux état depuis qu'il fondit dans les *entraignes* du plateau… et redressa la crigne, observant la colonne maléfique d'un œil méfiant. Cependant, l'air empoisonné des lieux le fit repartir en des univers chimériques, de ce fait il s'affala de tout son poids sur l'étique chaussée et sombra dans une profonde torpeur.

Un bruit caverneux l'éveilla. Le regard fut tout d'abord brouillé, enveloppé dans les mailles de gaz céruléen, les vaguelettes s'effilochant lorsqu'elles heurtaient son visage et prendre des formes anamorphiques. La limpidité de la vision revint à lui, observant la voûte d'obsidienne révéler ses abysses. Il se redressa, agita son chef de destre à senestre, puis fronça des sourcils en apercevant une étrange transmutation s'animer à l'approche de la base du pilier ; il vit des rejetons, des excroissances protéiformes du fût émerger lentement de la surface et croître comme des drageons d'un arbre, voués à mener leur existence propre. La pâte visqueuse s'étirait en plusieurs ramifications, croissait et s'animait par la grâce d'un sortilège, ou d'une alchimie émergeant des cuves et des alambics d'un alchimiste, transmutant le minéral en matière vivante. Les excroissances se déployaient du tronc de ce fût mystérieux, malléables comme une résine caoutchouteuse, et prenant une apparence humaine au fil de cette délivrance, dont seuls les dieux ou les démons avaient eu connaissance de cette occulte gésine. Les rameaux visqueux fusionnaient et prenaient du volume à chaque étape de l'écoulement de cette pâte d'un noir azurite afin d'animer deux gambilles, réfléchissant leur forme naissante sur la surface des eaux, puis le tronc et les membres supérieurs prirent naissance, s'épaissirent et se mouvèrent de manière désordonnée, remuant alors que le col, la tête et la face ovoïde se modelèrent sous les mains d'un invisible céramiste. Solomon se figea et sentit son cœur battre chamade, tandis que ses pognes et ses gambilles tremblaient comme une feuille morte battue par le souffle du vent. Le golem de tourmaline prenait forme et vie sous son regard d'effroi. Il se déplaça soudainement, ses jambes puissantes glissant dans ce réservoir sans émettre la moindre ride d'eau. La taille similaire à celle du baladin, la créature progressait vers lui, les membres s'animant comme un monstre fait de pierre ; sa démarche était saccadée, tandis que sa face restait aussi lustrée qu'un œuf de poule. Parvenu au niveau de Solomon, il grimpa sur la bordure de la berge et la traversa, alors que notre joueur de flûte voulut battre en retraite, ses gambilles restant figées tant l'effroi avait emprise sur lui. Soudain, les traits de ce monstre de basalte prirent forme devant les yeux ébahis du ménestrel ; sa face de tourmaline se mua en des traits tout d'abord confus, évoluant comme des vagues tourmentées d'un océan en furie, pour finalement prendre le faciès similaire au jeune ménétrier ! Quelle fut la stupeur de Solomon de voir son image s'incruster sur la face ovoïde de l'abominable créature de pierre noire. Son cœur battait la chamade, tant une frayeur intense le prit à la gorge, alors que la réplique du ménestrel se dressa devant lui, sûre d'elle – où deux billes incandescentes d'un rouge flamboyant lui foudroyaient du regard. Solomon reprit la maîtrise de son esprit, se concentrant en un point ultime où sa conscience chevauchait les flux émotionnels émergeant de chacune de ses pensées. Le temps semblait enrayer sa course folle, Solomon entrapercevant dans son champ de vision la stature exceptionnelle de son double. Un criaillement tonitruant émergea de ses entrailles, son torse se dilatant sous la puissance d'un long et puissant mugissement. Solomon posa ses pognes sur ses esgourdes, tant le son était puissant qu'il aurait pu y perdre l'ouïe. Puis le monstre fait d'obsidienne dressa sa pogne afin de le rosser ; le joueur de flûte fit une esquive, en pliant ses jointures à temps. Le bras ample et puissant de son adversaire passa au-dessus de son chef, dont il entendit le souffle de la course de la main frôler sa crigne. Il en fallut de peu qu'il reçoive un soufflet mémorable. Solomon recula, alors que son ennemi aux mirettes ardentes se dirigeait vers lui, dans une démarche d'automate... Le monstre de tourmaline reprit son rugissement effrayant, le son émergeant de sa bouche comme les hurlements d'un vent impétueux... Le musicien se boucha ses esgourdes, tant la force de résonance dans la cavité s'y amplifiait et devenait insoutenable. Il tenta une approche plus sociable, afin d'amadouer ce golem, dont le ménétrier se demandait s'il n'était tout simplement pas le fruit du terrible Nécromant, sortant d'une cabale ourdie contre l'humanité, afin de la conduire vers un asservissement occulte, la destinée du genre humain à tout jamais maudite. La créature de pierre sombre dressait sa face d'obsidienne vers la voûte du gouffre, la mâchoire béante. Solomon entrevoyait, dans une pénombre démoniaque, les crocs noirâtres de la bête étinceler sous l'aura nébuleuse flottant au-dessus de la surface du plan d'eau. Gorge déployée, le golem continuait de rugir, abandonnant le combat qu'il avait sitôt entamé.

« Hé, l'ami !... T'ai-je froissé, pour ainsi vouloir mettre un terme à ma vie ?... » demanda-t-il, alors que le monstre continuait à hurler. « Peut-être, ai-je commis un impair en souillant de mes petons ton illustre demeure ? ... » ajouta-t-il, tandis que l'humanoïde de basalte ne bronchait pas à l'adresse de Solomon. « Es-tu le Nécromant ?... ou l'un de ses sbires ? » tout en se méfiant qu'il réitère son ardeur combative. Mais son adversaire continuait à rugir, sans que la fatigue ne l'atteigne ou que le besoin essentiel de reprendre haleine ne vienne contrecarrer ses assauts claironnants. En tout cas, il avait du coffre, pour maintenir ses modulations stridentes sans respirer, alors que l'ouïe de Solomon essuyait un timbre d'une intensité à en devenir sourd pour le restant de la vie. Il se fit deux petites boules de laine, qu'il ôta de la doublure de son *mantel*[51] encore humide et qu'il enfonça précautionneusement dans ses esgourdes. Puis, animé d'une inspiration issue de son génie créatif, il prit sa flûte traversière accrochée à ses braies et posa délicatement ses lèvres sur l'embouchure. Entre-temps, l'entité poursuivait ses criaillements, la *gole* ouverte vers le plafond embrumé des vapeurs d'acide. Solomon effleura quelques trous de ses doigts déliés, et entama ses harmoniques en ayant préalablement gonflé ses poumons ; les premières notes naquirent, tout d'abord au tempo lent, étouffées par la voix discordante et puissante du golem. Puis le baladin intensifia la hauteur des notes, le rythme et la pulsation, offrant toute une panoplie de sa science musicale à l'antre de cette montagne maudite... De *pianissimo*, sa partition

---

[51]   Son manteau.

passa de *mezzo forte* à *forte*, parvenant même, à une occasion imprévue, à dépasser la puissante sonorité de l'être de pierre. Hélas, ce n'était pas sans compter la puissante virtuosité organique du monstre, son barrissement tonnant comme une armée de démons sur les pas d'une bande de damnés, sa lippe grande ouverte et les deux billes saillant des orbites comme deux gemmes énucléées de leur chaton. Campé sur ses deux puissantes gambilles de sombre basalte, il dressait son large torse vers le baladin, la face inclinée vers la voûte angoissante de la cavité, dont on ne perçait point la coulée volcanique chapeauter le réservoir d'eau, drapé de vapeurs acides montant et descendant en flux et reflux d'ondes luisantes. Cela n'empêchait pas Solomon de lancer sa sonate, quitte à être à bout de souffle et s'affaler sur le bord du bassin, les esgourdes pressurées à en devenir sourd. Dès lors, une joute musicale singulière entre l'humain et le démon naquit, dont l'un des protagonistes allait en sortir vainqueur, laissant son adversaire à sa merci ; et, en ce cas-là, il valait mieux que le baladin soit le virtuose face à ce chantre maléfique, s'il ne voulait pas essuyer une terrible destinée… Il faillit succomber, face à la puissance vocale de ce golem, pliant l'échine et le bras à force de fatigue à glisser ses doigts sur les trous du fût, dont le timbre puissant émergeait d'un coffre pulmonaire impressionnant. Dans l'ombre de ses sourcils, il voyait la sombre entité faiblir, plier l'échine tant il se donnait de sa voix tonitruante. Ensuite, Solomon emplit ses poumons de cet air vicié baignant les lieux et entreprit d'imposer son ascendant sur ce golem, soufflant contre le biseau de l'embouchure afin d'insuffler une vie harmonique dans cette enceinte des enfers… Le monstre de pierre reprit haleine, s'interrompant brièvement tandis que la hauteur des notes de la flûte traversière vibrait jusqu'à la voûte en émettant une gamme de plus en plus aiguë et rapide… Hélas, Solomon s'essouffla tant il se donna, ressentant une forte contraction au niveau pulmonaire, puis s'affala sur le sol de tout son long, son esprit plongeant dans une effrayante torpeur.

10

Un chiffonnement d'ailes frémissantes l'éveilla du sommeil auquel il sombra. Il ouvrit un œil, puis le second, l'esprit encore confus. Il voyait un plafond argentin se mouvoir au-dessus de ses yeux ; des ondulations de drapés bleutés et cristallins glissaient au-dessus de la voûte comme le flux des vagues créés par l'étrave d'un vaisseau de guerre. L'image était bien réelle, et ce *velum* de pierres fines semblait vraiment ondoyer sans qu'aucun souffle d'Éole vienne troubler la bassine de cette caverne, enfouie au cœur de la montagne de Mauldiction. Solomon tenta de s'asseoir sur son séant, mais il ne parvint pas à bouger d'un empan, son corps de plomb rivé au sol par la puissance d'un aimant ; néanmoins les bras et les jambes restaient libres de cette contrainte gravitationnelle, il pouvait donc orienter son chef de destre à senestre sans qu'il endure un torticolis, excepté s'il forçait du col, la nuque figée, telle l'encolure d'albâtre d'un buste trônant sur son piédestal. Les acouphènes se calmèrent, lui offrant la félicité et l'étonnement d'entendre des sons étranges d'une flûte s'immerger dans ses esgourdes de ménétrier ; c'était un psautier... sombre... ténébreux, angoissant et cependant terriblement envoûtant. Il se sentit happé par cette musique, l'attirant comme une belle dame lui offrant ses atours, son cœur de fer l'aimantant comme un vulgaire pantin – une marotte de chiffons qu'aucune âme ne pouvait arrêter, dans sa folie de venir presser et poser sa petite bourre de coton sur le sein de cette *sorceresse*... Il parvint à se redresser et pivoter sa tête vers la source de cette musique, dont il ressentait toutes les forces magnétiques le charmer et happer son esprit vers des abysses insondables... À quelques pas de là, il vit la silhouette d'un homme assis sur un trône, celui-ci adossé au drapé flottant de la paroi semi-translucide, diffusant son aura bleutée à travers mille facettes cristallines émettant une lueur fluorescente jusque sur le contour du siège et de la corpulence massive du joueur de flûte. Solomon balaya du regard cette caverne, à la recherche de l'entité maudite ; la silhouette de ce monstre de pierre s'était évaporée, il entama donc son cheminement vers le trône du ménétrier, dont il ne vit point sa hure de musicien, tant elle gîtait dans l'encre sombre de l'aumusse[52] ; le trône – qu'il n'avait pourtant point remarqué depuis qu'il mit ses petons dans la crypte –, était de la même trempe minérale que la paroi, vibrant d'une intense lumière bleutée, l'assise semblant faire corps avec la pierre. Les éclats lumineux vibraient à l'unisson, des sons parfois austères, parfois aigus, sortant du fût de la flûte traversière. Le maître des lieux – ou quelque autre fonction qu'il appartienne – ne redressa même pas sa crigne à la présence du pérégrin, poursuivant son enchaînement de doigtés à la perfection, même si l'œuvre recelait un attribut ténébreux, bien difficile au

---

[52]   Pèlerine à capuchon.

profane à contrer sa puissance envoûtante, que Solomon avait de sitôt déchiffré lorsque son esprit émergea de chaos…

Il se rapprocha du siège fait de gemmes étincelantes, ses ouïes offertes aux sons mélodieux de la flûte… alors qu'à sa senestre la surface du plan d'eau formait des ondes vibratoires s'interpénétrant dans un ballet gracieux. Il contourna l'énorme fût d'onyx, où nicha le géant de pierre, et se retrouva face à ce prince des ténèbres, dont on disait qu'après avoir vu ses traits le corps de ses captifs se figeait en statues de sel et terminait dans ce réservoir, détenu à l'abri du regard des mortels et de l'éclat du soleil. Alors qu'il voulut se confronter aux propos de son étrange hôte, son corps se figea comme une cariatide posée sur son piédestal, ses petons pétrifiés, chevillés au sol sans pouvoir cheminer d'un pas. Dévoré d'un mutisme transi, il les regarda d'une mine défaite, releva le col puis dévisagea la silhouette du maître des lieux enchâssée dans son trône de gemmes aigue-marine, attendant ses ordres et ses inflexions vocaliques. Ce seigneur des profondeurs portait une tunique d'un rouge cinabre. Ses longs doigts semblaient se jouer de la pesanteur en glissant harmonieusement sur le fût de la flûte ; des ongles d'un noir d'onyx les agrémentaient, ajoutant une note mystique à sa présence au cœur de l'antique volcan de Mauldiction, tandis que Solomon devenait l'unique spectateur de cette aubade extravagante, donnée en un lieu tout aussi fantastique. Ensuite, le joueur termina sa séance musicale, posa son instrument sur l'un des bras du trône et redressa lentement sa tête, la face toujours plongée dans la capuche d'un carmin de cochenille.

Il se releva de son séant, les deux bras tendus sur les accoudoirs de ce fauteuil taillé dans la roche scintillant d'un bleu luminescent ; mue par une force mystérieuse, la roche étincelante se propageait en replis mouvants tout du long de sa surface… Les traits à couvert, le maître des lieux franchit les quelques pas le séparant de son visiteur. Solomon ressentit une étrange impression l'envahir, alors que l'homme, d'une taille similaire à la sienne n'était qu'à quelques pieds de lui. Un silence de plomb envahissait la salle, l'enveloppant d'un manteau pesant tant cette mutité fit place à ce récital envoûtant mais tout aussi mélodieux. À deux empans de Solomon, cet étrange habitant des ténèbres redressa son col, permettant de mettre à jour les traits enfouis dans l'ombre de l'aumusse…

Solomon resta pétrifié devant la physionomie du joueur de flûte : car les traits de son visage reflétaient tout bonnement les siens… trait pour trait ! à l'exclusion de la carnation livide, au teint cireux. Il fut abasourdi par tant de ressemblance, tandis que l'homme émettait un sourire narquois en affichant une mine réjouit à la face du baladin.

« N'est-il pas surprenant que ma face reflète la tienne ? » fit-il d'un air réjoui. « Je te connais comme l'ombre de toi-même, car tout au long de tes péripéties tu vins jusqu'à moi comme un amant vers sa maîtresse, pensant que ta soif d'aventure t'offrait l'illusion que tu choisisses cette mission vengeresse, germant en ton for intérieur depuis des lustres, alors que je t'avais choisi de longue date… »

Solomon resta bouche béante, face aux paroles cinglantes du Nécromancien. Car il avait bien compris que lui seul avait ce pouvoir de prendre les traits de ses proies !

« Ce que tu prends pour de l'audace, n'est tout bonnement que pure niaiserie de ta part, poursuivit-il. Penses-tu avoir assez de trempe pour me berner ? Combien de hérauts d'armes sont tombés sous ma botte, alors que tu n'étais pas encore de ce monde. Je naquis à l'aube de la Création, que je fus déjà écarté par ma fratrie, rejeté telle une dépouille sur le liseré de la vie… Ma soif de revanche est aussi grande que l'univers, et bien que des complots et des obstacles parsèment ma route au fil du temps, un jour ou l'autre je finirai par accomplir ce à quoi je suis destiné : reprendre ma part de gâteau. Regagner mes territoires perdus que mes frères m'ont jalousement volés !… »

Toujours astreint à rester figé sur place, Solomon le regarda d'un air atterré, ne sachant à quelle sauce il allait être mangé.

— Seigneur de Mauldiction, je suppose que vos traits reflétant à la perfection les miens, ne sont pas ceux qui vous ont été destinés à votre naissance…

Le Nécromancien redressa son col, présentant au reclus l'image réfléchit de son faciès lové dans l'ample capuchon. Il émit un sourire railleur.

— Dès ma délivrance, ce corps ne fut que l'image de ceux qui me côtoyèrent, et cela depuis des millénaires… C'est en application de ce fait de naissance atroce, que mes frères m'ont écarté des droits de succession ; cette affliction causa ma perte et des maux à ma parentèle, dont je suis le puîné. Mes traits de caractère évoluèrent suivant mon humeur et de ceux qui m'approchèrent. De ce fait, je m'attelle à recouvrer mon royaume ancestral, que mes frères m'ont écarté des droits de sang. Il s'approcha de son visage de quelques empans, son regard obscur décelait deux gemmes d'onyx, aussi profonds que les enfers.

Solomon jeta un regard à ses petons, toujours figés sur place.

— Alors, quel est donc le motif pour que votre seigneurie s'en prenne aux serfs de ce domaine que vous tentez de reconquérir vainement ?...

L'apparence du sorcier se métamorphosa, reprenant la physionomie du géant de pierre. Sa tunique écarlate se déchira en mille lambeaux, laissant apparaître un corps monstrueux s'étirer vers la voûte de la caverne. Solomon cambra ses reins, à la vue du colosse d'obsidienne dont ses deux billes d'un rouge grenat intense vibraient dans leurs orbites fuligineuses. Planté sur ses gambilles flageolantes, il se sentit tout petit, un Lilliputien bravant le géant de roche, et, après avoir dégluti, il attendit que la transformation du sorcier s'effectue pleinement. À peine terminée sa mutation, le Nécromant lui répondit de sa voix caverneuse :

— Ne crois pas aux médisances que l'on colporte de village en village, dit-il d'une voix rauque ; mes intentions sont nobles, même si je dois souiller de temps à autre mes mains d'actions pas toujours glorieuses. Je n'ai aucune justification à te donner. Je viens déjà de te signaler le différend qui m'oppose à mes semblables. Mais j'ai de l'estime pour toi ; de ce fait, je te propose une autre joute musicale. De sa pogne sombre, il lui tendit sa flûte traversière, que le baladin avait sitôt laissée à même le sol humide.

— Dois-je demeurer ainsi, mes gambilles verrouillées sur cette terre infâme jusqu'à ce que mort s'ensuive ? fit-il, les bras écartés et le chef dirigé vers ses petons figés par une force obscure.

Le monstre dressa son bras énorme vers les pieds de Solomon. Sur ce fait, les gambilles du ménestrel furent dégagées de ce sordide maléfice. « Dorénavant, il ne tient qu'à toi de me prouver ta valeur au son de ta flûte. Nous allons jouer de concert, fit-il en le regardant de ses yeux de braise, jusqu'à ce que l'un de nous deux cède à la fatigue, et cela sans commettre une maladresse, que cela soit en trilles, au timbre ou due à une erreur de doigté ! »

— Et si je perds le combat, quel sera mon supplice ?

— Tu auras l'honneur d'ouvrir la marche, lors de mes premières campagnes militaires. J'ai déjà en tête la réappropriation de mes terres, sachant que ma parentèle, postée aux confins de ce vaste territoire, pense que cette geôle qui est mienne la restera à jamais... Mes frères ont osé me duper, expliqua-t-il, mais les temps ont changé : une conjonction astrale est sur le point de m'offrir enfin la délivrance tant attendue. Par contre si tu gagnes ce duel, je t'offrirai la libération sans qu'aucune autre contrepartie ne vienne la brider ; ainsi ai-je parlé.

— Et quel en sera le genre musical ?

— Je te laisse le choix, car avant tout tu es mon invité...

— En ce cas, je vous propose une musique issue de

« la geste du roi Enchanteur Odysseus », si votre seigneurie connaît les accords de mémoire.

— Ah ah ! Comment peux-tu douter de l'érudition d'un dieu fait avatar ? tonna-t-il, tout en dressant sa mine corpulente vers la voûte de la salle, dont sa voix se répercutait sur l'ensemble des parois en terribles échos assourdissants…

Sur ses dits, ils accomplirent de concert leurs premiers accords, sous le regard méfiant du ménétrier Solomon…

11

Le sifflement flûté d'un oiseau se répercuta sur le versant de la montagne ; le soleil allait vers son couchant, délivrant l'éclat argenté des premières étoiles accrochées sur la voûte des cieux comme une parure de diamants sur la poitrine généreuse d'une noble dame d'un riche argentier. La silhouette d'un faucon crécerelle déployait ses ailes, portées par les courants aériens ascendants. Parvenu au-dessus du vaste plateau des Geantels, le rapace se mit à planer et descendre en longs lacets elliptiques vers le territoire du Nécromant, son col rabattu vers un point sombre placé en contrebas de sa position. Le tapis de neige recouvrait en linceul laiteux la terrasse menant au col de la Brèche de la Chèvre. Des traces de lapin constellaient une partie de la Voie Maudite, cachée par l'épaisse couche de neige ; mais cela n'était pas cette proie que le rapace s'apprêtait à fondre de ses serres puissantes, à moins qu'il eût déjà festoyé avant de s'aventurer en cette contrée éloignée des hommes. Il poursuivit sa lente descente en créant des révolutions, ses rémiges flottant et vibrant sur les ailes du vent. De son regard perçant, le prédateur apercevait la pointe sombre de l'aiguille grossir dans son champ de vision. Les contours de l'immense dague basaltique contrastaient avec le tapis virginal à présent bleuté de la couche neigeuse. Il émit son criaillement une nouvelle fois, le son se répercutant d'un flanc à l'autre des montagnes enneigées. À quelques battements d'ailes du piton rocheux, un incroyable évènement aurait bousculé l'entendement humain, si un homme vivait à l'instant précis ce défi surnaturel agissant sur ce singulier plateau. Le socle du monolithe de tourmaline vibra, créant une onde sismique jusqu'en ses abords. Puis ce membre viril de basalte noir glissa vers les profondeurs, créant un gouffre insondable lorsque la pointe de l'aiguille rocheuse s'y engloutit, formant une souillure noire sur le linceul de neige virginal. D'un coup d'ailes rapide, le rapace s'immergea dans cet aven, puis l'aiguille retrouva sa place originelle, émergeant des entrailles de la terre dans un bruissement rocheux tout en se frottant au cuir terreux du plateau de Mauldiction. Le calme olympien du site recouvra de sitôt sa raison d'être, laissant une brise légère effleurer son drap neigeux.

Sur les parois de la salle, se répercutaient les éclats sonores de l'affrontement musical auquel joutaient le ménétrier et le seigneur Nécromant ; en ce lieu où le temps était aboli, dénué de valeur, où seuls les octaves, les rythmes et le tempo de l'œuvre musicale baignaient l'espace sonore de cette caverne enfouie à plusieurs mètres sous terre. Dès lors que le titan de pierre avait terminé un couplet, Solomon reprenait le fil de la complainte de « la geste du roi Enchanteur Odysseus », dans une interprétation qui se voulait la plus fidèle au maître de cet hymne, dédié à l'exploit d'un puissant roi ayant affronté les légions maudites des gobelins, issus des marais de Kyriadoxe. Cela va sans dire que le duo s'affrontait, semble-t-il, à armes égales, sans qu'aucun autre élément ne vienne dénaturer une discipline issue des longues études, de la célèbre école de Nostre-Dame de Parisis… Mais cela reste à prouver, particulièrement pour le Nécromancien dont Solomon supputait qu'il détenait des connaissances musicales acquises par la grâce de la magie, et non par une ascèse demandant des années d'études, mûrement bûchées dans l'une des écoles des maîtres ménétriers éparpillées aux quatre coins du pays, dont Solomon fut l'un des élèves les plus appréciés de la Ménestrandise[53]. De toute façon, le baladin était acculé à jouter jusqu'à ce que l'asthénie lui fasse trébucher sur la hauteur d'un son – ou d'un accord dont il aurait par abattement introduit une ou plusieurs notes dissonantes –, voire d'une erreur de doigté, cassant irrémédiablement la strophe ; de ce fait, l'un des deux jouteurs perdait le concours !

La tessiture de cette sonate pour flûte était harmonieuse, développant des notes légères, aériennes, où les harmoniques s'enchaînaient dans une composition parfois insouciante, et souvent austère, car n'oublions pas qu'elle fut issue des complaintes d'un anonyme ménestrel, relatant les hauts faits d'armes du célèbre roi mythique d'Ithaque : le grand Odysseus.

Lorsque Solomon reprit la dixième strophe, c'était pour mesurer l'aspect grave d'une lutte opposant le roi d'Ithaque au capitaine des gobelins ; un couplet

---

[53] Corporation des ménestrels.

particulièrement abrupt, car des notes graves, mais non dénuées de subtilités dans les harmoniques, devaient émerger du corps de la flûte avec toute la grâce que cet instrument à vent peut fournir ; et c'était le cas. Dans les graves mélodieux, la tessiture accomplissait ses octaves (intervalle entre deux notes) vaillamment, pourtant ce n'était pas une histoire de *fine amor*[54], mais bien le registre des faits de guerre héroïques qui étaient contés-là, sous forme de complaintes dans les basses et dans les airs souvent austères, que les sons enveloppaient cette rebutante pièce lugubre… Sur la surface du plan d'eau, des ondes vibraient à l'unisson et s'enchevêtraient suite aux basses fréquences émergeant de la flûte, résonnant sur les parois de la crypte maléfique. La magie opérait, les harmoniques étaient bien là, en ces complaintes d'un roi acculé à rendre les armes puis perdre la vie… Et, c'était par la magnificence d'une mélodie fastueuse, que l'on ressentait le malheur d'un grand homme de guerre perdre la faveur du combat. Le Nécromancien fronçait sa face d'onyx, en entendant dans ses oreilles de pierre l'interprétation sublime jaillir des trous d'harmonie de la flûte ; jamais il n'avait pu supposer qu'un simple mortel puisse sortir de sa bouche des sons aussi sublimes, déchirant l'âme et le cœur, à moins que ce fût l'œuvre d'un mage, ou d'un démon dont les apparences peuvent être trompeuses. Son cœur de tourmaline saignait, d'entendre cette sonate emplir l'atmosphère des lieux d'un enchantement pour les esgourdes des dieux. Combien de baladins, ménétriers et de trouvères perdirent leur vie, en

---

[54] L'amour courtois pour une dame.

ayant voulu se mesurer au plus grand des bateleurs… Et voila qu'un simple d'esprit ose commettre l'irréparable, usant de tout une gamme de notes harmoniques, égayant l'esprit et le corps du maître des chantres. Le regard du Nécromancien s'emplit de sourde colère, ses yeux diffusant des éclats incandescents à la silhouette du frêle trouvère, dont ses lèvres embrassaient en une communion charnelle l'embouchure de l'instrument à vent. C'en fut trop, pour ses esgourdes de démiurge. Le colosse ne pouvait supporter autant d'affronts, alors qu'il usa des plus fins accords que les Muses lui offraient, afin de soulever une escouade de morts-vivants pour mettre en branle un siège, au perron du royaume de ses frères…

Solomon avait terminé la strophe, alors qu'un silence pesant enveloppa cet endroit aussi austère que les enfers. Le sorcier gonfla son buste de tourmaline, offrant au regard d'effroi du baladin le réseau de veines incandescentes saillir de son corps de pierre noire en de longs réseaux veineux, scintillants comme des vers gigantesques sur son cuir sombre.

Le Nécromancien poursuivit sa sonate, usant des plus fins accords, que les murs et la courbure de l'immense pièce d'eau en répercutèrent le chapelet de notes en échos puissants. Des formes chimériques naquirent et surgirent du plan d'eau ; éphémères compositions aqueuses, où le corps de naïades naissait et agonisait de la surface de l'eau à chaque envolée mélodique. Solomon fut abasourdi par ces œuvres évanescentes nées du soliste. Les gerbes d'eau grimpaient en direction de la voûte de la crypte, engendrant des formes gracieuses de jeunes filles en fleur. Leur corps tourbillonnait sous l'effet des panaches d'eau, dans un ballet lacustre digne d'une chorégraphie de bacchanales lorsqu'elles dansaient en l'honneur du dieu Bacchus.

Il termina son couplet, le regard pétillant et un sourire narquois barrant son visage ténébreux, alors que les nymphes retournèrent en leur châlit[55] aquatique. Solomon agrippa fiévreusement sa flûte, inquiet à clôturer la dernière strophe – les ultimes vers de cette sonate illustrant la descente aux enfers du roi d'Ithaque – en ces vertes prairies du champ des Asphodèles –, où son enfant s'empressait de rejoindre le plus grand des héros, face aux traits émerveillés de son épouse…

Le baladin agrippa sa flûte et, armé d'une volonté de fer, entama les premiers vers de la dernière strophe ; lorsque le roi Odysseus rejoignit sa dame dans les antres des enfers, son enfant posé au creux de son bras râblé, alors que Solomon diffusait une longue aubade langoureuse pour celle qui fut la compagne de toute une vie… À la surface du plan d'eau, les formes chimériques y émergèrent, évoluant dans une grâce que le Nécromancien fût troublé par son jeu mélodieux ; les naïades dressaient leur corps élancé, dans un éclaboussement de gerbes d'eau diffuses. Des lames d'eau projetaient les nymphes vers le plafond, offrant une chorégraphie éthérée au regard du puissant maître des lieux. Les doigts véloces de Solomon effleuraient les trous de la hampe, semblant frétiller comme des abeilles sur les bouquets de fleurs. Hélas à mi-strophe, Solomon trébucha sur l'un des vers les plus rudes du passage. Le ballet d'eau mourut comme il prit naissance, la

---

[55] Lit moyenâgeux.

surface du plan d'eau retrouvant sa primeur sérénité. Le Nécromancien redressa son échine puissante, devant le regard atterré de Solomon.

— Ainsi se clôt cette joute musicale, déclara-t-il à Solomon. Aucun trouvère n'a pu exécuter avec autant de ferveur toutes les strophes de « la geste du roi Enchanteur Odysseus ». Il le regarda néanmoins stupéfait par le jeu de son jeune adversaire.

Solomon recula d'un pas, alors que le colosse s'approcha de lui d'une démarche sereine et emplis de prestance, malgré son corps monstrueux.

— As-tu un dernier vœu à exaucer, avant que ton corps rejoigne ceux qui t'ont précédé ?…

Solomon observa le démon d'un air intrigué. Il ne s'attendait pas à ce que le Nécromant lui offre l'opportunité d'exprimer un dernier souhait, juste avant que la mort l'arrache de cette vie de bohème. Une image lui vint à l'esprit, néanmoins une question lui tarauda le mental :

— Avant de vous dévoiler mon dernier souhait, je voudrais savoir où gîte ta future armée…

Le Nécromancien fléchit le buste vers le ménétrier, son regard de braises flamboyant d'une lueur de soufre.

— Suis-moi, fit-il en faisant de longues enjambées vers la citerne naturelle. Il planta ses puissantes gambilles sur la rive de ce réservoir, plongé dans les entrailles du mont de Mauldiction. Observe à présent mes légions de combattants…

Il dressa sa grosse pogne vers l'étendue d'eau. Tout d'abord, un gros bouillonnement éclaboussa les environs, puis le niveau de l'eau s'abaissa progressivement, laissant révéler un linceul de limon verdâtre recouvrir l'étendue du bassin, puis au fur et à mesure qu'il se vida, l'émergence de la réalité se révéla au regard sidéré du baladin... Il aperçut des rangées de morts dressés au fond du réservoir, leurs crânes entièrement casqués étaient enveloppés d'algues glauques, les corps alignés comme un escadron prêt au combat. Des dizaines de rangées de fantassins s'y déployaient, pourvus d'arcs, de carquois, de lances et javelots, tous casqués et parés d'armures somptueuses, sans oublier étendards, bannières et oriflammes dressant leurs blasons vers un adversaire fictif. Il ne manquait que le souffle de la vie, pour que ces phalanges se mettent en branle et aillent guerroyer jusqu'en ces terres lointaines...

Solomon fut abasourdi par cette découverte, illustrant de futures hostilités au seuil du royaume des deux autres sorciers.

— Dès le prochain été, je vais mettre en branle le plus puissant escadron de morts-vivants, qu'aucun royaume de ce monde ait pu dresser depuis l'aube des temps... fit-il en le regardant d'un air satisfait. Ton avènement n'était pas sujet au fruit du hasard, lui révéla-t-il, car tu fus, tout bonnement, qu'une marotte entre mes mains, dès lors qu'aucun autre ménétrier ne pouvait s'illustrer comme toi. Tu es le héraut de mes légions de fantassins, celui qui mènera mes troupes au combat au son de la marche militaire... Tu seras le Porte-Feu, toujours placé à la tête de mon armée, allant face à l'ennemi, la flûte dressée entre tes mains annonçant l'arrivée de mon ost sur la terre de mes ancêtres[56]…

Le col fébrile haussé vers le géant d'onyx, Solomon l'écoutait d'une mine défaite, la gorge nouée et le cœur battant la chamade.

— De quelle manière mettras-tu un terme à mon existence ? demanda-t-il d'une voix ténue.

— Ne t'inquiète pas pour ton dernier expir. Tu vas tout bonnement tomber dans une profondeur torpeur, puis je déposerai ton corps au fond du bassin, ta dépouille dirigée vers mon trône. Et lorsque le temps viendra, j'éveillerai et mènerai mon armée au son de ton fifre, afin de mener bataille sur le sol de mes frères… et reprendre ainsi mon dû. Maintenant que je t'ai dévoilé mon ost, j'attends ta dernière supplique, sachant que ta liberté ne peut être recouvrée, puisque tu viens d'essuyer un revers…

— Je souhaite jouer une dernière fois, afin de percevoir le son doucereux de ma flûte *mignoter*[57] mes esgourdes. Laisser danser mes doigts sur les trous d'harmonie, et embrasser l'embouchure de mon fifre comme un amant sur les lèvres de sa bien aimée…

— Et quelle sonate désires-tu interpréter, avant d'offrir ton corps au noble art martial de la guerre ?

— Une *fantasia,* de ma composition…

— Ha ! Notre *jouvencin* est aussi un habile histrion, fit-il d'une gouaille amusée. Alors, qu'il en soit ainsi…

Solomon positionna ses bras à hauteur d'épaules, porta ses lèvres à l'embouchure de la flûte et, armé d'une ferme intention, lança ses premiers accords, l'acoustique de

---

[56] L'armée.

[57] Caresser.

la pièce s'emplissant des sons les plus subtils que le Nécromancien ait pu entendre de sa vaste vie…

Une forme élancée fusait dans l'exigu boyau du volcan ; le faucon filait vers son but, battant des ailes dans l'étroite galerie sinuant dans un vaste complexe de goulets, gorges et corridors denses, contenus dans un réseau inextricable que seul un démiurge pouvait en percer ces sombres arcanes. Ses rémiges frottaient de temps à autre aux parois du conduit, sans jamais s'y écraser, car sa vélocité n'avait d'égale que son adresse à se mouvoir en ce lieu obscur et étriqué. Un embranchement se dressa devant l'oiseau. Il émit son criaillement avant d'atteindre la bifurcation, le son filant dans l'étroit boyau puis l'écho revint jusqu'à lui ; dès lors, le rapace prit le corridor de droite et fila, sa silhouette gracieuse s'engloutissant dans les sombres entrailles du volcan.

Les nymphes recouvrirent la vie, dans ces eaux pourtant turpides, dressant leur corps aqueux de sylphide au-dessus de ce sépulcre, dont les flots reprirent dorénavant leur lit obituaire par la grâce d'un conduit naturel offrant le bruissement d'un filet d'eau s'écouler dans l'ample cuvette. Bras écartés et jambes fuselées unies en un tronc commun, elles évoluaient au-dessus de la surface ondoyante, au son majestueux du jeune ménétrier. Leur corps élancé, fait d'eau, ondulait comme la chorégraphie d'un crotale sous le rythme endiablé d'une sonate. Leur nombre croissait, tant la tessiture de la flûte envoûtait les âmes et les corps de ces naïades ; d'une dizaine d'affriolantes déesses, l'effectif passa à une trentaine de ces Néréides au teint cristallin, laissant découvrir, de temps à autre, leurs jambes fuselées lorsque leur tronc commun se scindait en deux sections au galbe parfait, le bout de leurs petons dessiner des ronds dans l'eau. Les notes s'envolaient, empreintes d'une mélodieuse rythmique… Des variations de volume sonore et le timbre particulier de sa flûte formaient des ondes sonores permettant toute une forme de dynamique sur le corps éthéré des naïades – leurs membres s'étiraient et se contorsionnaient suivant la cinétique vibratoire des fluides ondulatoires du son, créant de superbes compositions chorégraphiques que l'étrange sorcier en fut autant fasciné. En son for intérieur, le mental du Nécromancien était écartelé entre admiration et sourde humiliation, à la vue féerique qui se révélait à sa hure maudite. En fin de compte, devait-il rendre la liberté à ce trouvère ? Néanmoins, le dessein auquel il avait tant travaillé se dessinait enfin à lui. Mais, s'il absolvait ce énième ménestrel, tous ses espoirs de reconquête du monde seraient à jamais reculés en une ère lointaine… Parce qu'il avait tant donné de sa personne afin de leurrer ce bateleur dans les mailles de son filet, autant qu'un Chronos face à son odieux rival Arès, l'infâme amant de son épouse Aphrodite.

La sonate parvint à son aboutissant, les dernières notes partant dans les aiguës, offrant un ballet onirique au regard railleur du sorcier… Après la note finale, les gerbes des naïades s'effacèrent de ce tableau extraordinaire, rendant la surface du bassin aussi paisible que la psyché d'une jouvencelle lorsqu'elle se mire dedans. Solomon agrippa son instrument d'une poigne angoissée, livrant une mine défaite à son geôlier. L'heure avait sonné !

Une vision lui vint à l'esprit ; le Nécromant le regarda d'un air de défi :

— N'y pense même pas ! Tes pouvoirs occultes n'ont que peu de portée, à mes yeux de démiurge. Maintenant apprête-toi à rejoindre mon cortège de valeureux guerriers... fit-il en pointant son bras puissant vers le bassin.

Le seigneur de cette sombre demeure avait à peine achevé sa sentence, qu'un volatile émergea d'une cavité, située aux abords de la voûte plongée dans les ténèbres. Le criaillement de l'oiseau se répercuta dans la vaste enceinte. Il battit des ailes, tournoyant au-dessus du réservoir en de rapides orbes qu'il en était fastidieux d'en suivre son vol trépidant. Le faucon survola le bassin en vol stationnaire, émettant son huissement en de longues tessitures dans les aiguës, et par une opération magique l'oiseau se métamorphosa, tout en restant en état de sustentation, sous le regard ébahi de Solomon et les âpres appréhensions de son geôlier au cœur de pierre. Son envergure prit de l'ampleur, s'étira et se mua en le corps d'une vieille femme, le bout de ses petons effleurant la surface de l'onde. Son ample tunique flottait dans l'éther, comme soumise au souffle d'un vent impalpable. De ses orbites sourdaient des billes d'un bleu saphir, perçant l'atmosphère du lieu en deux étoiles scintillantes. Solomon reconnut la vieille Mahassine, dont ses mèches crayeuses flottaient dans les airs ; son teint livide émergeait de la capeline. Le baladin jeta un regard préoccupé vers le géant de pierre, alors que Mahassine se posa d'une allure désinvolte sur la bordure du bassin. Le Nécromancien fronça des sourcils, à l'apparition de la sorcière.

« Sorcière Engelberge, quelle est la raison qui te mène à venir souiller cette geôle d'infortune ? » s'exclama le géant de pierre. Elle se rapprocha, son regard fulgurant à sa face d'obsidienne. Puis ses deux étiques pognes renversèrent la capuche, révélant son faciès fané mais empreint d'une solennité princière ; sa mine au teint blafard laissait paraître des traits harmonieux s'y dessiner, malgré son grand âge. Engelberge-Mahassine semblait émerger d'un conte merveilleux, destiné à frapper l'esprit des enfants afin de les animer pour déjouer les embûches de ce monde cruel.

— Le temps imparti à ton confinement en cette crypte, n'est pas entièrement consommé, déclara-t-elle de sa voix fluette. Et contrairement à ce que tu as annoncé à ce baladin, ce n'est pas de ta propre initiative, que tu l'as conduit en cette geôle, puisque je fus la seule âme à le guider en cette crypte glauque, afin de le mettre à l'épreuve !... tout en jetant un regard compatissant vers Solomon.

— Sale sorcière, tu n'as aucune autorité en ce lieu ! grogna-t-il. Le destin de Solomon m'appartient désormais, et ni toi ou un autre mage n'a d'autorité sur ma personne et mes dires. L'heure de reprendre ma part de gloire est sur le point de sonner, aucune créature ne pourra m'empêcher de livrer bataille sur les terres de mes ancêtres !

Elle dressa sa nuque étriquée vers la face noire et luisante du Nécromancien.

— Puisque nous revendiquons tous les deux la même volition pour nous accaparer le sort de ce baladin, je te propose une joute musicale.

— Qui sera le juge pour en apprécier la mesure, le ton, la tessiture et le timbre de l'interprétation musicale que tu me proposes ?…

— Les naïades du bassin… Celles-ci n'émergent-elles pas à la faveur du doux son de ta flûte ? Leur chorégraphie aérienne permettra de trancher sur le choix du jugement du baladin, annonça-t-elle d'une voix ferme.

— Si tu gagnes cette joute musicale, ce ménestrel sera à toi, et je m'en tiendrai à patienter la prochaine conjonction astrale, mais si je gagne je mènerai ma campagne en sa compagnie, au son de sa flûte.

— Que les dieux décident de son sort ! s'exclama Engelberge. De ce fait elle s'approcha du baladin. Son regard vibrait d'une intense luminosité, et de sa voix émergeait une force intérieure que Solomon en fut ébahi au point d'en perdre la sienne. Solomon le baladin, me confierais-tu ta flûte traversière, le temps d'une sonate ?

Il la regarda, animé d'une profonde appréhension concernant le sort qui l'attendait si elle perdait la joute.

— Je connais les craintes qui t'assaillent, mais tu manques de confiance en moi, Solomon. Si tu ne disposes pas plus d'assurance en ma personne, alors ton destin sera scellé pour toujours aux forces sombres du Nécromancien, fit-elle de ses petits yeux, aux paupières froncées par l'âge.

Il lui tendit la flûte, un frêle sourire barrant son visage de jeune ménétrier.

— Dorénavant, prie les dieux afin que cette joute soit de bon augure. Elle observa d'un regard finaud la face lugubre du Nécromant, pendant qu'il dressa sa flûte traversière vers ses lèvres d'un noir charbonneux.

Le tour du Nécromancien avait débuté depuis une bonne vingtaine de minutes, alors que les naïades reprenaient leur lit obituaire – l'armée du sorcier campant sur leurs gambilles dans une attente macabre –, après avoir dansé sous le timbre de la flûte dont Engelberge maniait toutes les subtilités de l'instrument à la perfection. Le torse d'onyx du Nécromancien se cambra, tandis qu'il gonflait ses poumons de tourmaline noire, poursuivant sa complainte destinée à l'obscure démone Lilith, la reine des Hadès, lui offrant une gamme de tessitures le plus souvent placée dans les graves ; cette sonate était une offrande à la première épouse d'Adam, les sons s'immergeant en de profonds abysses où demeure la souveraine des succubes ; il jouait sur les demi-tons et l'intensité des sons, apportant des notes graves à sa partition austère – la maîtresse des enfers apprécierait sans doute cette sonate ou les silences devenaient pesants, et les accords parfois stridents. Solomon et Engelberge regardaient la chorégraphie des naïades d'une extrême attention, admirant le corps svelte des belles nymphes composer des figures aériennes d'une superbe beauté. Leur corps vibrait et se trémoussait au-dessus du bassin, certaines immergeant leur corps de Sylphide dans le réservoir jusqu'à leur cou effilé, dans une grâce qu'il serait rude à égaler tant les notes du Nécromant diffusaient des sonorités envoûtantes qu'elles semblaient difficiles à contrer.

Le titan de pierre avait clos sa sonate sur des notes des plus lugubres que Solomon ait pu entendre durant sa vie de ménétrier ; il avait l'arme à l'œil tellement elle l'avait impressionné, mais Engelberge restait de marbre devant tant d'artifices pouvant émouvoir le plus dur des gredins. Après ces tempos d'*adagio* à *lente*[58] des derniers accords du Nécromancien, la sorcière entreprit de jouer sur une cadence beaucoup plus enjouée ; un morceau de musique issu d'un conte folklorique de la région, bien plus adapté à cet instrument à vent. Elle débuta sur un mouvement modéré, un *moderato* permettant d'ouvrir ce récit merveilleux situé en une contrée imaginaire. Ce fut le destin tourmenté de la fille d'un roi acariâtre et sans pitié, n'accordant aucun crédit aux dires de ses proches comme celui de ses conseillers, et surtout du surintendant des Finances, auquel il ne cessait de lui demander des comptes sur l'administration des finances du château et de ses pavillons de chasse. Ce passage était joué sur une tonalité plutôt lente, parfois taciturne afin de rendre compte de l'insatiable soif vénale du monarque. Le roi avait une fille ; et bien qu'elle fût l'unique descendante de cette dynastie, son père aurait arraché ses deux yeux si on avait ôté la vie de son enfant. C'est durant ce passage que des rythmes plus ou moins rapides laissaient place à des mouvements plutôt léthargiques, le timbre de la flûte offrant des morceaux savoureux pour les esgourdes. D'ailleurs, les naïades reprenaient, à leur manière, cette partie de la sonate ou le roi sermonnait la princesse pour des amourettes, des futilités passionnelles qu'il croyait éphémères… Hélas ce n'était pas le cas, car la damoiselle profitait des multiples couloirs s'enchevêtrant au sein de l'immense édifice du

---

[58] Vitesse d'exécution d'une œuvre.

palais pour se carapater. Et, cette *fine amor*[59], allait plus loin qu'une simple sérénade de balcon, car le gentilhomme n'en était pas un puisqu'il était l'un des commis des cuisines de la résidence royale ! Ce morceau, tout en légèreté, s'exprimait par des sonorités au rythme éthéré et rapide, un *allegro*, enclenchant une chorégraphie endiablée des naïades, survolant le plan d'eau dans un ballet céleste mouvementé, permettant d'apprécier leurs formes de sylphides, aux gambilles effilées et à la silhouette galbée. Le son enveloppait la crypte de tons radieux, où le timbre particulier de la flûte traversière offrait toute une gamme de notes flûtées, comme le chant mélodieux du loriot au lever du disque solaire – ce passage incarnant les fleurettes de la princesse et du plus simple des commis se voulait assurément plus enthousiaste qu'il était présenté aux esgourdes du baladin. Lorsque le souverain connut la terrible vérité, il se mit dans une colère noire, rugissant comme un damné aux approches de son jugement. Il s'arrachait des épis de cheveux, maudissant le soupirant des plus terribles représailles qu'un monarque puisse faire endurer à un roturier… D'ailleurs, cette partie de la sonate est la plus épique, puisque la sonorité s'y exprimait d'une manière inattendue : on s'attend à un rythme puissant, profond, d'où émergent des notes trépidantes voire discordantes afin d'exprimer le courroux du souverain envers les deux jeunes tourtereaux. Mais cela n'était pas le cas, étant donné que l'atmosphère des lieux baignait dans une tonalité plutôt fantasque, un brin satirique pour un homme parvenant à la fleur de l'âge ; il fallait bien cela,

---

[59] L'amour courtois.

pour tourner en dérision ces affaires de mœurs légères dévoilant le caractère tyrannique de ce roitelet...

Les lèvres ridées de Engelberge épousaient l'embouchure de la flûte ; la sonate parvenait à son aboutissant, s'élevant dans l'atmosphère des lieux comme une volée de moineaux à la conquête du jour nouveau... Cet hymne à la joie se manifestait par des modulations de trilles et de vibratos, évoquant les amours funèbres de la princesse et de son soupirant, son existence abrégée par l'infâme bourreau de son seigneur – les avant-dernières mesures reprenaient quelques notes joyeuses du premier mouvement, car ne dit-on pas que l'amour est immortel ? ...

Hélas, Solomon pressentait que la forme musicale était bien éloignée du fond. Notamment, lors de la dernière chorégraphie des nymphes : elle ne possédait pas toutes les nuances harmoniques de la précédente, et c'était bien là que le bât blesse !

Soudain, elle suspendit la partition, abaissant le fût entre ses deux mains fripées. Le sorcier la regarda d'une mine austère, ses yeux globuleux la fixaient intensément, comme s'il était prêt à la dévorer.

— Tu viens de jouer de malchance, Engelberge, en trébuchant sur les dernières mesures, fit-il d'un air enjoué. Cette étourderie causera ta perte, et celle de ton protégé, affirma-t-il en la toisant de haut.

Les deux sorciers se regardèrent en chiens de faïence. Elle finit par baisser le col, laissant croire qu'elle avait perdu le tournoi. Le visage de marbre noir du Nécromancien savourait sa victoire, son regard luisant des flambeaux de son omnipotence. Dorénavant, l'ost[60] n'était plus un sombre dessein mais un manifeste à la reconquête du monde !

— Penses-tu que cette partition est close ? Que nenni, fit-elle d'un ton enjoué, il me reste à terminer la dernière section, tant un lent silence (celui du recueillement des parents du couple) préparait au final de cette sonate, lança-t-elle d'une mine narquoise.

Et c'est à l'instant précis que la nécromancienne se transforma à nouveau, son corps voûté se muant en une forme imprécise, sa frêle silhouette prenant d'abord l'apparence d'un faucon puis celle d'un loriot, à la parure d'un jaune éclatant. L'oiseau s'éleva dans les airs et se déplaça en voletant jusque sur l'un des accoudoirs du trône, ses pattes tressautant sous une ardeur débordante. Il dressa fièrement son petit crâne vers la voûte de la crypte, puis émit ses premières notes, tout à la joie du jeune ménétrier…

Effectivement, l'avatar de Engelberge entonna le final de la sonate, son chant mélodieux trépidant sous le regard effaré du Nécromancien. Des modulations de tonalité à deux ou trois octaves exprimaient les retrouvailles des amoureux, en ces Champs-Élysées où les vertes prairies allaient désormais leur fournir la couche et les mets les plus raffinés des Hadès, pour l'éternité… Les naïades émergèrent à nouveau de cette sépulture aquatique, où, dressés sur leurs gambilles, les fantassins de l'armée du Nécromancien attendaient leur heure de gloire pour combattre la fratrie du sombre seigneur des abysses. Les

---

[60] Une armée en campagne.

nymphes s'illustraient par des danses au rythme fougueux, flottant au-dessus de la surface du bassin comme des déesses nées de l'éther. Leur taille de guêpe et leurs petits seins faits d'eau se trémoussaient dans les airs en une allure endiablée, laissant paraître dans un clair-obscur saisissant leur silhouette de Sylphide se détacher des parois obscures de l'immense pièce d'eau. Tout à son attention, sous la forme du loriot Engelberge prenait plaisir à jouer cette pièce issue de la mythologie de la région ; sous les sonorités tintinnabulantes du bec de ce sublime chantre des bois, l'esprit de la vieille *sorceresse*[61] s'immergeait dans cette sonate au rythme envoûtant…

Les dernières strophes émergèrent de sa fluette gorge dans un rythme soutenu et harmonieux, comme des vagues s'échouant sur une plage de galets ; la sérénité des lieux offrait au commun des mortels l'image idyllique du paradis sur Terre, tandis que le ballet des naïades voguait au-dessus des flots tranquilles de ce sarcophage ignoble où demeurent les rangées de combattants, dont le virus de la guerre était en phase de latence.

Les notes ultimes furent des plus éclatantes, le timbre du loriot exprimant les retrouvailles des deux amants, liés pour l'éternité aux Champs-Élysées. À cet instant-là, les danseuses virevoltèrent dans une farandole extraordinaire ; animées d'une énergie dévorante, les gambilles des nymphes se trémoussaient sur une tessiture placée dans les aiguës, tandis qu'elles se donnaient la main et formaient une carmagnole digne des grandes représentations de salon. Au terme de la dernière mesure, le

---

[61] Sorcière, en vieux français.

corps de ce ballet explosa en pluie fine tintinnabulante, les filets d'eau rejoignant la surface de l'eau stagnante du bassin. Puis le silence reprit son emprise, dans ce caveau où fourmillent les étranges esprits des trépassés, dont leur vêtement de chair demeure au fond du réservoir. Le corps du loriot était en passe de muer, afin de recouvrer celui de la sorcière, alors que le Nécromancien prit les devants et fonça derechef vers le chétif volatile, avant que la magicienne reprenne l'entièreté de sa forme corporelle. Solomon comprit que le destin de Engelberge prenait une tournure qu'il avait sous estimé, s'il n'intervenait pas sur l'instant.

Le corps massif et lourd du géant se déplaça en créant des secousses sur le sol de la caverne ; ses bras ballants formaient deux branches noueuses, accrochées sur un tronc trapu dont des veines ocre saillaient de sa peau de pierre en des circonvolutions reptiliennes. Il ne voyait plus que l'échine d'obsidienne du colosse, masquant la morphologie du volatile Engelberge, en voie de transmutation d'une espèce animale à celle de l'humain…

Solomon attrapa sa flûte, avant que le sorcier commette son terrible méfait, puis lança des stridulations à l'encontre de ce geôlier maléfique. La sonorité était tellement puissante, que ses esgourdes en furent perturbées. Les parois de la salle répercutaient le son en de multiples échos similaires, tonnant comme une nuée de sombres volatiles au-dessus du lopin de terre d'un pauvre paysan, tout en joie d'avoir ensemencé sa parcelle de graines d'orge. Tout en lançant sa sonate stridulante, Solomon aperçut les bras du géant agripper la gorge de la *vieillete*, puis dresser son corps fluet au-dessus de sa tête hideuse. Le géant de tourmaline la secouait comme un prunier, ses membres se balançant comme un épouvantail soumis à un terrible coup de vent sournois. Le ménétrier mit de l'entrain à sa partition de flûte, avant qu'elle succombe sous l'assaut du géant de pierre. Et tout en jouant, il s'approcha de la puissante corpulence du Nécromancien, campée sur ses larges gambilles d'onyx. Il parvenait à voir les deux billes de soufre étincelant dans leurs orbites, alors que la *damelete* était perchée dans ses bras énormes. Le joueur de flûte mit de l'entrain dans sa composition, montant d'une octave dans l'aigu, tandis que la crainte de voir Engelberge rendre l'âme se précisait dans le temps. Soudain, le colosse reposa la sorcière sur le bord du bassin et se retourna face à Solomon. Il faillit interrompre sa sonate, mais n'en fit rien et poursuivit sa mélodie tandis que le géant semblait pris dans les mailles ensorcelantes du charme musical, marchant comme un automate en direction du large fût planté au trois-quart du réservoir. Les jambes du monstre s'immergèrent dans l'eau, puis il se dirigea vers la large colonne d'un noir d'azurite dont les segments du fût reflétaient sa face austère en mille nuances de gris.

Parvenu au sombre pilier, il patienta durant quelques instants, immobile, tel un pantin en attente de son marionnettiste, alors que Solomon continuait de jouer d'un doigté léger et rapide, ses phalanges parcourant les ouvertures de la flûte comme des abeilles se posant sans cesse sur le calice des fleurs. Puis la silhouette massive du Nécromant fusionna avec la colonne d'onyx noir, sans qu'aucune contrainte organique ne vienne obstruer cette étrange alchimie minérale. Solomon parvint à la partie finale de sa sonate, tandis que Engelberge s'approcha de lui, le regard portant d'abord vers la colonne puis vers le baladin tout étonné par cet enchantement.

— Il a de nouveau rejoint sa demeure de pierre, le temps qu'une autre conjonction astrale lui permette de réitérer sa *geste*… fit Engelberge, dont ses petits yeux de mulot vibraient d'une intense lucidité. Elle le regarda d'un air souriant, sa mine parcheminée par l'âge s'étirant d'un sourire bienveillant. Ne lui en veut pas, émit-elle d'un ton affectueux, sa souffrance va au-delà de ce que l'humain peut endurer. Il parviendra à ses fins, le temps qu'il soit en paix avec lui-même. Alors renaîtra de ses cendres l'âge d'or de la *faerie*, recouvrant les cultes à mystères que les hommes ont rejetés il y a tant de siècles.

Solomon esquissa un frêle sourire et consulta la mage sur ses prouesses occultes, durant son long cheminement jusqu'en en ce lieu mystérieux :

— *Nostre dame*[62], une force intérieure me poussa à accomplir des faits surprenants durant mes pérégrinations. Quels sont les augures de ces pouvoirs, qui me furent attribués ?

Elle se mit à rire d'une voix hilare, le son se répercutant dans l'enceinte de la crypte.

— Tu ne fus que le jouet de puissances occultes qui te dépassent, Solomon. Je ne peux t'en dire plus, si ce n'est que par ton audace à supporter les épreuves que tu as fièrement bravées, tu as gagné l'admiration des dieux.

---

[62] Grand mère.

À présent, les âmes des damnés croupissants dans ce bassin sont libérées par ta noble *geste*, mais hélas pas leur corps voué à combattre l'ennemi du Nécromant. En revanche, ce privilège qui t'a été offert, t'est désormais retiré, puisqu'il était destiné à ce que tu puisses jouter contre des forces antagonistes voulant laminer cette odyssée, que tu as accomplie vaillamment. Mais, ne crois pas pour autant que ta vie va devenir un long fleuve tranquille. Tu dois retourner en tes terres, où tu devras jouer au sein d'une confrérie de ménétrier. Cela est de ton ressort, à poursuivre ton destin de baladin, car telle est la voie du trouvère sans cesse empruntant les chemins menant jusqu'au parvis de l'église ou sur la place du foirail, des nombreuses cités peuplant notre belle contrée…

Solomon fit volte-face, balayant d'un regard anxieux les parois de la crypte.

— Mais, dame Engelberge, comment pouvons-nous retrouver le chemin menant à la sortie, alors que nous sommes emmurés dans ce lieu des enfers ?…

Il n'eut point de réponse. Solomon se retourna et s'aperçut qu'elle s'était évaporée. Il entendit l'écho des battements d'ailes d'un oiseau, mais ne distingua pas sa silhouette dans cette pièce sordide. Le silence reprit ses aises, hormis le glougloutement du filet d'eau tombant dans le bassin, d'où les naïades avaient regagné leurs pénates aqueux. Le baladin fit quelques pas en direction du trône, à présent déserté de son inquiétant résidant, le Nécromant demeurant emprisonné dans la colonne d'onyx noir une fois de plus et ce pour des lustres.

C'est alors qu'il entendit un bruit de fond prendre le

pas sur l'empire du silence, et vit le trône bleuté pivoter sur ses gonds, invisibles à l'œil humain. Le siège finit sa bascule, permettant à Solomon d'apercevoir un passage secret émerger de l'arrière du dossier, menant à une anfractuosité de taille humaine, dont le boyau était miraculeusement éclairé par des torches, accrochées à intervalles réguliers aux parois du corridor. Il pénétra dans les entrailles de la montagne de Mauldiction ; bien que la voûte soit basse, cela n'empêchait pas notre baladin de cheminer vers l'inconnu…

12

La place du foirail se paraît d'une foule impressionnante, des gens issus de la commune ou des autres villages attenants, fourmillant autour des étals des marchands ; primeurs bien achalandés, merciers proposant des tissus de lin ou de soie, dinandiers modelant à même le sol des pièces de laiton ou de cuivre à l'aide de marteaux biscornus, maquignon posant devant un bovin particulièrement massif, la mine réjouit à l'idée de montrer la bête la plus corpulente de son cheptel. Le puissant bourg de La Borragine était enclavé entre des monts verdoyants et une rivière, dont son lit sinuait lentement entre de grands chênes et des caduques comme des saules plongeant leurs branches recourbées sur le cours d'eau, des marronniers, et des frênes majestueux destinés à confectionner principalement des manches pour l'hortulus[63], la dinanderie et la forge. L'affluence se pressait sur le parvis de l'église, en ce joli mois de mai ; des martinets frôlaient les coiffes des dames et les chapeaux feutrés de ces messieurs, poursuivant quelques insectes sous l'ardeur d'un soleil encore bas sur l'horizon. Les hommes s'attroupaient autour du plus râblé des bœufs, faisant partie du bétail de ce

---

[63]   Le jardin.

maquignon aux bajoues rosacées dues à l'éclat de sa voix, à moins qu'il s'agisse des séquelles d'une consommation un peu trop arrosée dans l'un des troquets de la cité, dès le lever du soleil. Il faut bien l'avoué, ce marché de plein vent était bien achalandé, en regard des autres communes de la contrée, car sa provision en bois de chauffe comme en bois de construction faisait sa notoriété, sans oublier une terre arable riche en minéraux favorisant une agriculture florissante et durable. Les chalands voyageaient parfois sur des dizaines de lieues afin de négocier et chiner sur l'une des plus imposantes foires du canton, et ce n'est pas l'échevin du lieu qui allait s'apitoyer de cette manne financière gonflant l'escarcelle de la mairie, le nanti se frottant les mains en passant à chaque échoppe augurant, une nouvelle fois, des recettes prolifiques pour la fastueuse cité.

À quelques pas du tympan de l'église, le son joyeux d'une flûte virevoltait dans l'éther, pénétrant d'un timbre enchanteur les esgourdes des curieux, des chalands et des fins connaisseurs de l'art musical, qu'une pléthore d'individus finissait par s'amasser autour du baladin, délaissant durant un temps les étals des marchands afin d'assouvir leur soif de culture et d'évasion céleste que la musique procurait. Fièrement campé sur ses deux gambilles, le divertissant histrion portait haut sa flûte traversière, ses lèvres épousant l'embouchure de l'instrument comme un amant posant délicatement les siennes sur celles de sa belle. Les notes légères s'élevaient dans les airs, telle une envolée de passereaux battant leurs ailes au-dessus des couvre-chefs des curieux, ensorcelés par cette sonate guillerette et légère, bien loin des puissantes tessitures des orgues de l'église, dans des registres plus ou moins austères… Le temps passa, s'emplissant de notes flamboyantes issues d'une sonate ayant pour thème, *Les douces rêveries de l'adolescence…* Une amourette, sur fond de rivalité amoureuse. Badauds et fervents admirateurs de joueur de flûte stationnaient devant le feutre du ménestrel, posé à même les pavés de la fameuse place des Lys ; le couvre-chef s'emplissant au fil de l'aubade d'une généreuse manne de piécettes sonnantes et trébuchantes, alors que le midi s'approchait à grands pas.

Les dernières strophes s'écoulèrent sur une sonorité guillerette, tandis que le timbre puissant du bourdon sonnailla les douze coups de midi. Un homme de forte corpulence s'avança et se présenta au ménestrel, tandis que le groupe de spectateurs se disloqua illico, la place se vidant progressivement des chalands jusqu'aux fourmillants commerçants, affairés à replier leurs échoppes et étals vidés de leurs précieuses marchandises. Les bêtes des maquignons reprenaient la route vers leurs enclos, alors que le ferronnier et le boulanger retrouvaient leurs établis situés à l'opposé de la fameuse cité. Le bourgeois, auquel Solomon s'entretenait du noble art musical, était affligé d'un embonpoint conséquent, l'homme d'affaires campant fièrement ses petons face au joueur de flûte ; le torse empli de suffisance, le regard perçant du prédateur financier, il portait le verbe haut, d'une rhétorique propre aux hommes d'affaires. Rien ne semblait l'émouvoir, et surtout pas de jeunes présomptueux de la finance sortis des grandes écoles universitaires, car né d'une famille nageant dans l'import-export, il avait connu le labeur et tant de nuits blanches à tomber du tabouret sous le coup des Matines, afin de rendre une balance des comptes irréprochable à son géniteur. Et si par fatalité il avait omis de facturer un débit ou effectué un solde créditeur par étourderie dans la mauvaise case, alors son daron lui tiraillait ses esgourdes afin que son rejeton puisse reprendre de main de maître les affaires familiales, lorsque son heure sonnera.

— … Mon ami, poursuivit le négociant, je vous invite en notre foyer dès ce midi ; vous serez notre convive. Mon épouse se fera une joie d'écouter vos aubades et autres facéties de ménétrier… Éventuellement, si vos sonates font palpiter son petit cœur, j'aspire que vous puissiez résider en notre humble demeure durant la semaine. Ne vous inquiétez pas, le logis et le couvert vous seront offerts sur un plateau d'argent.

Solomon acquiesça à cette invite à résidence, heureux ménestrel à qui cette vie d'itinérant pouvait, occasionnellement, lui offrir de salutaires opportunités relationnelles. Fier d'avoir accompli une bonne action devant le regard de Dieu, le riche homme d'affaires s'en retourna en ses pénates, tout en ayant auparavant indiqué le lieu de résidence au ménestrel.

Lorsque Solomon démonta les deux parties du corps de l'instrument, l'une d'elles déboula sur la chaussée, avalant quelques mètres jusqu'aux gambilles étriquées d'une vieille femme. Elle recourba sa pauvre échine et d'une pogne tremblante agrippa le fût de ses doigts arthritiques.

« *Dame grant*, vous allez vous briser la nuque, à vous cintrer comme un vieil échalas gâté par le dieu du temps... »

Et tout en tendant la pièce du fût à son heureux propriétaire, elle lui jeta un regard ensorcelant, aussi profond que les enfers. Durant quelques instants, il fut captivé par ses deux abysses d'une obscurité insondable.

— *Grâce*, grand-mère, mais il ne fallait pas vous éreinter autant, à votre âge vous n'avez plus la vigueur d'une jouvencelle.

Sans un mot, elle effectua un bref mouvement de la main en signe d'indifférence puis rebroussa chemin, pendant que Solomon plaça la dernière section du fût dans son écrin de tissu élimé par le temps. Il eut soudainement un éclair de lucidité, puis fit une volte à la recherche de la vieille. La *vieillete* avait déjà disparu. Le parvis de l'église se vidait des derniers chalands retrouvant la joie de leurs pénates et des fiers commerçants repliant leurs étals ; une femme d'âge mûr passa devant lui, emportant sur son âne le restant de ses ventes en friperie et chausses vétustes pour les nécessiteux... Il la regarda traverser *pianissimo* l'esplanade, le regard froncé de n'avoir pas remarqué sa présence sur le marché de plein vent. Bien étranges rencontres, que ces *dameletes* qu'il n'avait point côtoyées sur cette illustre place des Lys. Ma foi, la vie est toujours étonnante et fourmille de tant de mystères, qu'elle vaille la peine à être consommée... !

La demi-heure sonnailla au beffroi de la cité de La Borragine. Il était temps de se mettre en route vers les pénates de son généreux amphitryon.

BIBLIOGRAPHIE

— Site de l'ATILF — Université de Lorraine | Analyse et traitement informatique de la langue française.

— Freelang — Dictionnaire en ligne français, ancien-Français-Français ancien.

— Site DicFro : Dictionnaires français, anglais et latin. Dictionnaire de l'ancienne langue française et de tous ses dialectes du IXe au XVe siècle, Frédéric Godefroy, 1880-1895. Ce dictionnaire a été numérisé sous la direction de Hitoshi Ogurisu de l'université de Wakayama.

— Le site Persée : Leguay Jean-Pierre. La propriété et le marché de l'immobilier à la fin du Moyen Âge dans le royaume de France et dans les grands fiefs périphériques. *In* : D'une ville à l'autre. Structures matérielles et organisation de l'espace dans les villes européennes (XIIIe-XVIe siècle) Actes du colloque de Rome (1cr au 4 décembre 1986) Rome : École française de Rome, 1 989. P. 135-199. (*publications de l'École française de Rome*, 122)

— Le site Persée : Jean Combes. Les foires en Languedoc au Moyen Âge [article]. Annales / années 1958-2013-2 / pp.231-259.

— Cairn. INFO : Aurore Navarro. Les marchés de plein vent. Le cas des commerces de l'alimentation. Dans Ethnologie française, 2 017/1 (vol. 47), pages 111 à 120.

— Le site Persée : Noël Dupire. Tarif du travers et du tonlieu d'Amiens au XIIIe siècle. Revue du Nord / année 1935-1983 / p. 185-201.

— Cairn. INFO : Laurence Jean-Marie. Un espace de prélèvement des coutumes sur le commerce : ville, banlieue et prévôté de Caen. Dans « le Moyen Âge » 2 014/1 (Tome CXX) pages 95 à 122.

— OpenEdition : Danielle Buschinger. Banquets et manières de table dans la réalité et la fiction au Moyen Âge 6 — un exemple : le corpus tristanien.